RÉSUMÉ

ZOÉ

ATTENTION ! Une tornade de mensonges et de calomnies frappe Woopiville. Partout dans la ville, les gens se disputent.

À l'école, IDEM ! il y a une pagaille incroyable. Même les profs s'engueulent sans cesse dans les corridors... C'est SUPER bizarre, cette situation.

Zoé et 4·Trine ont cependant remarqué quelque chose de louche... DE TRÈS LOUCHE ! sur les lieux où règne la bisbille, on retrouve toujours d'étranges petites figurines... DES KOYOS ! Des Koyos identiques à ceux dessinés sur le chandail brillant de... MONA !

© 2006

Boomerang
Éditeur jeunesse

ISBN : 2-89595-160-8

Gouvernement du Québec - Programme de crédit
d'impôt pour l'édition de livres - Gestion SODEC

Boomerang éditeur jeunesse remercie la SODEC pour
l'aide accordée à son programme éditorial.

Imprimé au Canada
Dépôt légal : Bibliothèque nationale du Québec,
1er trimestre 2006
Dépôt légal : Bibliothèque et archives Canada,
1er trimestre 2006

Boomerang éditeur jeunesse inc.
Québec (Canada)

Courriel : edition@boomerangjeunesse.com
Site Internet : www.boomerangjeunesse.com

Texte et illustrations de Richard Petit

Modèles numériques fournis par : Daz 3D, Renderosity, HandspanStudio,
ThorneWorks, Patrick A. Shields, TrekkieGrrrl, HIM666, Amber Jordan,
Maya, Laura Gilkey, 3dmodelz, Aya-Zoozi, Poism, Jen, Jaguarwoman,
Uzilite, Nymesis, Epken, HMG Designs, Quarker, Anton's FX, 3D Universe,
Hankster, Gerald Day, Palladium 17, HMann et plusieurs autres…

Il était **2** fois...

J'ai un peu le trac !

Bon ! Alors c'est moi qui vais lui expliquer. Il était **2** fois... est un roman TÊTE-BÊCHE, c'est-à-dire qu'il se lit à l'endroit, puis à l'envers.

NON ! NE TE METS PAS LA TÊTE EN BAS POUR LE LIRE... Lorsque tu as terminé une histoire, tu peux retourner le livre pour lire l'autre version de cette histoire. CRAQUANT, NON ? Commence par le côté que tu désires : celui de **4-Trine** ou mon côté à moi... Zoé !

J'peux continuer ? BON ! Et aussi, tu peux lire une histoire, et lorsque le texte change de couleur, retourne ton livre. À la même page de l'autre côté, tu vas découvrir des choses...

Deux aventures dans un même livre.

Tu crois qu'elle a capté ?

CERTAIN ! Elle a l'air d'être aussi brillante et géniale que nous...

nous allons commencer par les présentations

ZOÉ

non mais, quelle tête!

4-Trine

Chouchoute du prof!!!
ARCHI FAUX!
qui a écrit ce mensonge odieux?
Je vais le dire au prof...
Euh! Laissez faire.

4-Trine, avant c'était Catherine...
Elle est la preuve qu'il y a de la vie
sur une autre planète...
BLAGUE

ma meilleure chumie!

ALEX
Si tu le trouves mignon, prends un numéro, car
tu n'es pas la seule...

FRÈRE DE ZOÉ

Bon!
elle...
c'est
notre prof...?
Gentille?
Des fois oui.

Capucine
ou je te capu
méchante

C'est la chatte de... 4-Trine!
Tu as deviné à cause des pics roses sur sa tête, hein?

Poupou Vaudée
Sert à jeter toutes sortes de sortilèges...
AUX GARÇONS!
COOL!

Poupoulidou
est un petit extraterrestre
qui ne désire qu'une
chose: anéantir la
race humaine...
Mais sa maman ne
veut pas car ce n'est pas
bien!

Dans le parc de Woopiville, le beau soleil brille…

Sur un banc, leur banc de parc préféré, Zoé écoute de la musique pendant que 4-Trine, sa *BEST CHUMIE* comme elle l'appelle, est étendue sur le ventre, dans l'herbe devant elle…

— Qu'est-ce que tu lis ? demande Zoé à 4-Trine.

— Un livre ! lui répond 4-Trine.

— ᗛH ! fait Zoé. Un livre ! Je croyais que tu lisais une conserve de thon ou un pot de beurre d'arachide… Non, mais sérieusement…

5

— Ce n'est pas qu'un livre, c'est aussi une quête. Je dois trouver la bonne fin de l'histoire, car il y en a plusieurs. Pour le moment, ça va très mal : je me suis fait bouffer par des loups-garous, par des vers géants et, une fois, je suis tombée dans les douves d'un château infesté de crocodiles mutants à deux têtes. Ça fait trois fois que je meurs aujourd'hui...

— Tu vas te coucher tôt ce soir ! Mourir trois fois dans la même journée... C'EST ÉPUISANT !

TRÈS ÉPUISANT !

— Justement, ça commence à être **plate à mort** ici, soupire Zoé. Qu'est-ce qu'on fait ? On va au club vidéo chercher un film ?

— Non, attends un petit instant, lui demande 4-Trine.

Elle referme son livre et recule lentement s'asseoir près de son amie.

— QUOI ! QU'EST-CE QU'IL Y A ?

— C'est très bizarre : j'observe ces trois écureuils, et ils ont un comportement vraiment étrange. Depuis tantôt, ils se disputent une noix de Grenoble qui semble vouloir toujours leur échapper...

— Comme dans le film *Ère de glace*, dit Zoé.

— Ouais ! un peu..., mais je ne comprends pas, explique 4-Trine. Chaque fois que l'un d'eux saisit la noix et veut grimper à son arbre pour l'emporter dans son repaire, elle tombe de sa bouche et roule par terre jusqu'à la fontaine là-bas, et la bagarre recommence. C'est toujours la même chose, regarde bien...

Noix dans la bouche, un écureuil poursuivi par les deux autres contourne une poubelle et saute sur un arbre. Juste comme il s'apprête à grimper...

POC ! La noix sort de sa bouche et roule COMME PAR MAGIE jusqu'à la fontaine...

7

Zoé regarde 4-Trine, éberluée.

— Je te l'avais dit, c'est toujours la même chose...

Les trois écureuils repartent en courant en direction de la fontaine. Là, le premier arrivé saute sur la noix de Grenoble, le deuxième bondit sur le premier rongeur qui, lui, échappe la noix. Le troisième l'attrape à son tour. Les deux autres le pourchassent et lui sautent dessus...

OH Là !

Zoé hurle :

—

Elle se lève d'un seul bond et chasse les écureuils.

— CESSEZ DE VOUS BATTRE !

4-Trine arrive près d'elle.

— Est-ce que quelqu'un peut bien m'expliquer ce qui se passe à Woopiville ? se questionne son amie. Partout, les gens se disputent, même les animaux se battent entre eux. C'est assez incroyable, cette situation...

— Crois-tu qu'une sorte de sorcière a jeté un sort sur Woopiville, il y a de cela des siècles ? l'interroge Zoé. Une espèce de sortilège ou de malédiction qui reviendrait tous les cent ans...

4-Trine cherche, elle aussi, à comprendre. Elle se gratte la tête comme le font les singes.

Zoé remarque soudain un petit objet placé sur le bord de la fontaine.

— AH ! COMME C'EST DOMMAGE ! s'exclame-t-elle. Un enfant a oublié son jouet au parc...

Zoé saisit la petite figurine bleue.

— MONTRE-MOI ! lance 4-Trine en lui arrachant l'objet des mains.

À leurs pieds, la noix de Grenoble se met tout à coup... À BOUGER !

Zoé aperçoit un fil très fin et presque invisible attaché à la noix. La noix roule rapidement entre les arbres et file vers le trottoir où se tient une fille qu'elles connaissent : MONA !

Rapidement, Mona traverse la rue et disparaît dans une ruelle...

Les deux amies se regardent et cherchent à comprendre ce qui vient de se passer.

— Je te laisse la figurine, lui dit finalement Zoé. Moi, j'avais presque oublié que je dois tondre le gazon avant le dîner si je veux avoir mon allocation hebdomadaire...

— C'est nouveau, ça !

— C'est la dernière trouvaille de mon père, soupire Zoé. « Il faut travailler pour avoir des sous ! » qu'il dit.

L'ENFER !!!

Zoé entre dans le garage pour prendre la tondeuse à gazon.

— **AAAAAAAAH !** hurle-t-elle, surprise d'y trouver son frère, Alex.

— TIENS, TIENS ! fait-il lorsqu'il aperçoit sa sœur. **JUSTEMENT** celle que je voulais voir...

— Tu me fiches la paix, grand escogriffe, il y a du boulot qui m'attend...

Alex se place devant la tondeuse à gazon pour empêcher sa sœur de sortir.

— La prochaine fois que tu veux me jouer un sale tour et dégonfler les pneus de ma moto, petite nouille, ne laisse pas d'indice près de la scène de ton crime...

STUPIDE ERREUR !

— QUOI ! je n'ai rien fait ! lui répond Zoé. Sache que je n'ai pas été ici de toute la matinée... Ils se sont dégonflés tout seuls, tes pneus...

— TOUT SEULS ! AH OUAIS ! alors pourquoi il y avait ça par terre près de ma moto ?

Alex lui montre un stylo.

— Ce n'est pas TON STYLO, ÇA ? lui rappelle-t-il. Celui que PERSONNE ne doit toucher sous peine de grimaces éternelles ? C'est **EXACTEMENT** l'objet qu'il faut pour dégonfler des pneus, bizarre non ?

— DONNE-MOI ÇA TOUT DE SUITE ! s'emporte Zoé. Je n'ai rien fait, et ce stylo est à moi... DONNE !

Alex cache le stylo derrière son dos.

— Pas avant que tu aies gonflé mes pneus et que

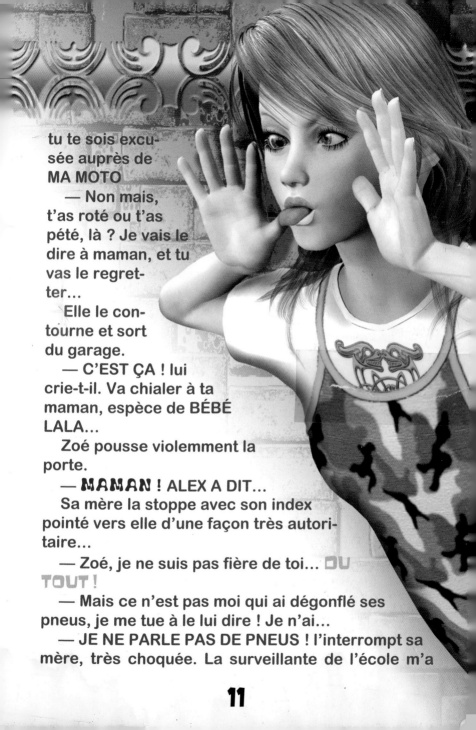

tu te sois excusée auprès de MA MOTO

— Non mais, t'as roté ou t'as pété, là ? Je vais le dire à maman, et tu vas le regretter...

Elle le contourne et sort du garage.

— C'EST ÇA ! lui crie-t-il. Va chialer à ta maman, espèce de BÉBÉ LALA...

Zoé pousse violemment la porte.

— **MAMAN** ! ALEX A DIT...

Sa mère la stoppe avec son index pointé vers elle d'une façon très autoritaire...

— Zoé, je ne suis pas fière de toi... DU TOUT !

— Mais ce n'est pas moi qui ai dégonflé ses pneus, je me tue à le lui dire ! Je n'ai...

— JE NE PARLE PAS DE PNEUS ! l'interrompt sa mère, très choquée. La surveillante de l'école m'a

téléphoné pour me dire que tu avais pris, non... VOLER l'argent de repas d'une autre élève. Tu ne peux pas le nier. C'est ton amie 4-Trine elle-même qui t'a dénoncée, et crois-moi, elle a très bien fait. C'EST TOTALEMENT INACCEPTABLE !

— MAIS !... essaie de dire Zoé.

— **NON ! NON !** pas un mot, lui ordonne-t-elle, rouge de colère. Tu sais comment on appelle ce que tu as fait ? DU TAXAGE ! Je ne pensais jamais un jour entendre ce mot répugnant dans ma maison. Tu vas monter TOUT DE SUITE dans ta chambre et tu vas attendre là jusqu'à ce que ton père arrive...

Voyant l'état colérique dans lequel se trouve sa mère, Zoé acquiesce sans s'y opposer.

Dans sa chambre, elle saute sur son téléphone.

4-Trine décroche le combiné.

— Allô !

— **TU n'es PLUS mon amie** ! hurle très fort une voix que 4-Trine ne réussit pas à identifier.

— PARDON ? Qui est-ce qui parle ? demande-t-elle.

— ZOÉ ! TON EX-AMIE ! continue-t-elle de crier. C'est dégueulasse ce que tu as fait ! JE NE VEUX PLUS TE PARLER ! JAMAIS DE LA VIE !

— Mais qu'est-ce que j'ai fait ? veut comprendre 4-Trine. QUOI ?

— INVENTER DE TELLES CALOMNIES !

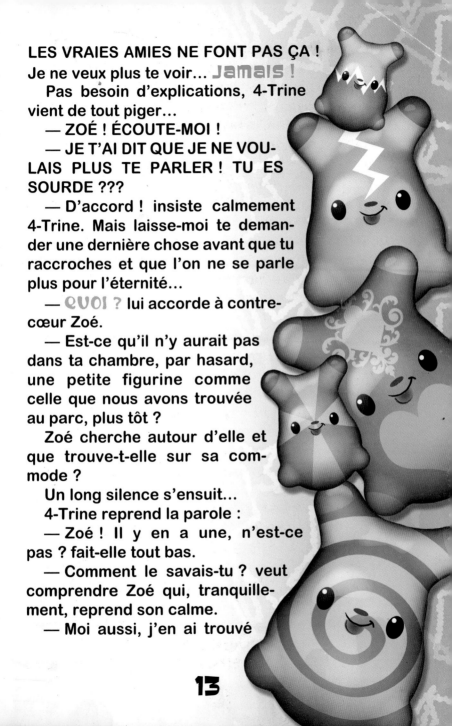

LES VRAIES AMIES NE FONT PAS ÇA !
Je ne veux plus te voir… JaMaIS !

Pas besoin d'explications, 4-Trine vient de tout piger…

— ZOÉ ! ÉCOUTE-MOI !

— JE T'AI DIT QUE JE NE VOU-LAIS PLUS TE PARLER ! TU ES SOURDE ???

— D'accord ! insiste calmement 4-Trine. Mais laisse-moi te deman-der une dernière chose avant que tu raccroches et que l'on ne se parle plus pour l'éternité…

— QUOI ? lui accorde à contre-cœur Zoé.

— Est-ce qu'il n'y aurait pas dans ta chambre, par hasard, une petite figurine comme celle que nous avons trouvée au parc, plus tôt ?

Zoé cherche autour d'elle et que trouve-t-elle sur sa com-mode ?

Un long silence s'ensuit…

4-Trine reprend la parole :

— Zoé ! Il y en a une, n'est-ce pas ? fait-elle tout bas.

— Comment le savais-tu ? veut comprendre Zoé qui, tranquille-ment, reprend son calme.

— Moi aussi, j'en ai trouvé

13

une chez moi, lui dit son amie. Il faut que tu viennes ici **TOUT DE SUITE** ! Nous devons trouver ce qui se passe à Woopiville, et ces figurines sont la clé de l'énigme...

— Je ne peux pas, je suis en punition pour quelque chose que je n'ai pas fait...

— **JE M'EN FOUS !** insiste 4-Trine. Fais ce que tu veux, mais ramène tes vêtements avec toi dedans... ICI !

Dans sa chambre, 4-Trine attend patiemment son amie. Elle réfléchit et regarde les deux figurines qu'elle a placées l'une à côté de l'autre sur son pupitre.

La porte de sa chambre s'ouvre lentement : c'est Zoé. 4-Trine lui sourit. Zoé fouille dans sa poche, dépose, près des deux autres, la figurine qu'elle a trouvée dans sa chambre, puis s'assoit sur le lit près de 4-Trine.

— La mienne est plus belle que la tienne, la taquine Zoé.

— Moi, j'aime mieux celle des écureuils, lui avoue 4-Trine.

— Excuse-moi de t'avoir engueulée tantôt...

4-Trine serre très fort Zoé...

— T'es toujours ma **BEST CHUMIE** ?

— On fait quoi là, avec ça ? demande Zoé. Nous savons maintenant que lorsqu'il y a une dispute ou de

14

la bisbille, nous allons trouver une de ces figurines pas très loin...

EXACT !

— Et nous savons aussi que Mona n'est pas étrangère à tout cela, ajoute 4-Trine.

— Demain, nous allons fouiller l'ordi de la bibliothèque et les archives de la Ville, suggère Zoé. Nous trouverons peut-être quelque chose...

— BONNE IDÉE !...

ET BONNE NUIT !!!

Zoé, assise à table, essaie de bouffer son petit déjeuner au son de quoi ? Au son de son père... QUI L'ENGUEULE !!!

— JE SUIS TELLEMENT EN COLÈRE CONTRE TOI, ZOÉ ! lui avoue son père. JE NE SUIS VRAIMENT PAS FIER ! VRAIMENT PAS !!!

Zoé avale une bouchée...

— Écoute-moi, papa, tente-t-elle de lui expliquer. C'est un **SUPER GROS MALENTENDU !** TRÈS, TRÈS GROS ! MÉGA GROS !!!

— Je vais tout arranger, tu vas voir, je te le promets...

Son père la regarde.

Zoé se lève, attrape son sac à dos et file à l'école.

Près de la chocolaterie, elle aperçoit 4-Trine qui partait sans l'attendre.

— **HÉ HOOOO ! YO !** crie Zoé. **Attends-moi !**

4-Trine s'arrête.

— Désolée ! J'étais prise dans une discussion À SENS UNIQUE, *genre* très intéressante, avec mon père... J'ME FAISAIS ENGUEULER !

— Allons-y !

Zoé et 4-Trine sont les premières arrivées en classe. Assises, elles attendent les autres élèves... **SURTOUT Mona !**

Ceux-ci commencent à entrer. Le premier, c'est Charles. Il passe tout près de 4-Trine. Elle lui prend le bras affectueusement...

— Allô Charles...

— Allô 4-Trine ! Ça va ?

— Oui ! merci... Et toi ?

— J'ai fait des courses toute la journée avec mes parents hier. Tu n'as pas idée de tout ce que nous avons acheté pour la piscine ! Je vais te raconter tantôt, à la récré... Nous allons avoir un plaisir fou !

— Bien sûr, Charles... À plus !

D'autres élèves entrent puis, enfin..., MONA ! Zoé et 4-Trine figent sur place lorsqu'elles l'aperçoivent. Les bras croisés, la tête penchée, ses longs cheveux de deux couleurs cachant son visage, elle passe devant elles sans les regarder et s'en va directement au fond de la classe. Dernière rangée, dernier pupitre... Une fois assise, elle relève un peu la tête, juste assez pour laisser voir un de ses yeux...
UN SEUL !

— **BRRR** ! fait Zoé, qui a soudain des frissons. Elle me donne la chair de poule, cette fille. Je ne sais pas, mais c'est comme si elle était possédée, *genre* par un esprit maléfique…

La professeure entre dans la classe.
— Bonjour, madame Caroline ! font tous les élèves.
Caroline jette un coup d'œil dans la pièce et constate qu'un pupitre est libre, celui d'Antonin.

Quelqu'un frappe à la porte. C'est la responsabilité de Rosalie d'ouvrir parce que c'est son pupitre qui est le plus près de la porte. Elle tend le bras et tourne la poignée.

OUPS ! c'est le directeur. Tous se tiennent bien.

Il entre, main
dans la main
avec Antonin, qui
porte sa casquette
contrairement au règle-
ment de l'école.

Le directeur se penche vers Caroline pour lui chu-
choter quelque chose à l'oreille... Le visage de
Caroline devient soudain très sérieux.

Zoé et 4-Trine se regardent et cherchent à comprendre...

Caroline inspire un bon coup puis dit :

— Tu peux prendre ta place, Antonin, nous allons
commencer... Tu as tes cahiers et tes livres ?

Antonin fait oui avec sa tête puis va à sa place très
lentement...

Le directeur quitte la classe et referme la porte
très doucement...

Il y a rarement ce genre de silence dans la classe...

Un élève lève la main.

— OUI, OLIVIER ? demande Caroline.

— Pourquoi Antonin porte-t-il sa casquette en
classe, madame Caroline ? Parce que si nous avons
le droit, je voudrais bien porter la mienne moi aussi...

— C'est très exceptionnel, Olivier, lui explique
Caroline. Antonin est très très sensible au soleil et
avec toutes les fenêtres dans la classe, ça l'incom-
mode très fortement...

— **ÇA, CE N'EST PAS VRAI !** se dit Zoé tout bas. Plusieurs amis savent qu'il pleure presque tout le temps et qu'il porte toujours sa casquette pour dissimuler ses larmes. Il l'a dit une fois à la récré : ses parents ne s'aiment plus...

— **BON !** lâche Caroline pour ramener tout le monde à l'ordre. **MONA !** Pourrais-tu laver le tableau s'il te plaît ? Nous avons des gros problèmes de mathématiques à résoudre ce matin...

Bras toujours croisés devant elle, Mona se lève et se dirige vers le lavabo. Lorsqu'elle tend son bras pour prendre l'éponge, Zoé et 4-Trine aperçoivent en même temps, sur son chandail, l'image d'une petite figurine...

ELLE T'AIME ! YEAH ! YEAH ! YEAH !

YES ! Ça, c'est la cloche qui sonne ! **DRÔLE DE SONNERIE ! OUAIP !** depuis que 4-Trine s'en est chargée...

À la bibliothèque, devant un ordi...

— Je vais taper : *FIGURINE !* propose Zoé.

Deux cent mille pages apparaissent...

DE QUOI ÊTRE MALADE !!!

— Il faut être beaucoup plus précises, suggère 4-Trine. Ça me semble d'origine japonaise, ces trucs.

Tape *figurines japonaises.*

20

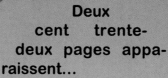

Deux cent trente-deux pages apparaissent...

— C'est un peu mieux, mais il faut encore réduire, sinon nous n'y arriverons jamais.

— JE SAIS ! s'exclame Zoé. Je vais taper : « *figurines japonaises* » avec un mot en japonais, et nous verrons... Tu en connais un, toi ?

— C'est n'importe quoi, ton idée ! s'oppose 4-Trine. Trouve autre chose...

— **non ! non** ! je veux essayer. Tiens, j'en ai un : *yoyo*.

— **ESPÈCE DE CROÛTE !** *Yoyo* n'est pas un mot japonais... Et puis tu t'es trompée, tu as écrit *Koyo* à la place...

— **OUPS !** fait Zoé, j'ai appuyé sur « entrée » ! Je vais recommencer.

— **noooon !** NE TOUCHE À RIEN ! lance tout à coup 4-Trine. TU ES TOMBÉE EN PLEIN DESSUS !!!

Sur l'écran vient d'apparaître l'image d'une petite figurine similaire à celle qu'elles recherchent.

— **Je suis géniale !** s'exclame Zoé.

— T'es surtout chanceuse, la corrige 4-Trine.

Zoé se met à lire…

— Le texte dit qu'il s'agit d'une légende. Mais si on en croit ce qui se passe ici, à Woopiville, ce n'en est pas vraiment une, comprend Zoé. Au Japon, il y a très longtemps, un temple sacré a été détruit pour faire place à une usine de fabrication de jouets. Tous les jouets qui y étaient conçus étaient donc affligés de la malédiction des deux Magraas… LA MALÉDICTION DES DEUX VIES !

— Des deux vies ! répète 4-Trine.

CHUT !

— ÉCOUTE ÇA ! lui dit Zoé. Un jour, un mystérieux accident s'est produit à l'usine et elle fut brûlée par les habitants du village. Leur terre étant ainsi maudite, ils durent la quitter en bateau pour un autre village, bateau qui n'arriva jamais à destination.

Les autorités japonaises croient que le navire a coulé lors d'un typhon en pleine mer...

— Histoire sensation-nelle, certes, mais nous n'apprenons rien, ça ne nous aide vraiment pas...

23

Zoé s'enfonce dans le fauteuil pour réfléchir.

— ATTENDS UNE SECONDE ! songe tout à coup 4-Trine. Je sais que c'est un peu poussé, mais je me rappelle cette vieille histoire de bateau abandonné, venu s'échouer, par une nuit de brouillard, en plein sur le quai de l'ancien port de Woopiville. Il n'y avait personne à son bord. Le navire était très rouillé, comme s'il avait passé des dizaines d'années en mer...

— Tu crois qu'il s'agit de ce navire perdu et que ces figurines seraient des jouets fabriqués dans cette usine maudite ? demande Zoé.

— ÉCOUTE ! Nous avons presque réussi à terminer tout le casse-tête, il nous manque une pièce pour tout comprendre... UNE SEULE ! Et je crois sérieusement qu'elle se trouve ici même, à Woopiville, dans le vieux port...

— YESSS ! il faut retourner en classe... Période de lecture... BÉDÉ !

— Après l'école, on fait nos devoirs et on étudie. Ensuite, je passe chez toi et on file au vieux port. DAC ?

— DAC ! fait Zoé.

Poupoulidou PART 11

Le soir venu...

Zoé fait les cent pas dans sa chambre.

— Même s'ils ont dit : « Interdiction formelle de sortir de la maison », je dois absolument rejoindre 4-Trine dehors avant qu'elle arrive !

Lentement, sans faire le moindre bruit, elle ouvre la porte de sa chambre... ET TEND L'OREILLE !

Rien que le son de la télé en bas, dans le salon...

Elle glisse dans l'ouverture et, sur la pointe des pieds, marche vers l'escalier...

Le dos appuyé au mur, elle descend. Presque parvenue au pied de l'escalier, elle aperçoit 4-Trine qui ouvre la porte d'entrée.

Zoé porte son index sur sa bouche CHUT ! et lui fait signe de ne plus bouger.

Lorsqu'elle pose le pied sur la dernière marche...

CRAC !

— OH NON ! murmure-t-elle entre ses dents.

Elle ferme les yeux et demeure immobile comme une statue quelques secondes.

Pas de réaction dans la maison. Elle ouvre les yeux...

MALHEUR !

Alex est planté devant elle, les mains sur les hanches, avec un sourire qui en dit long accroché à son visage...

Dans l'entrée, 4-Trine reste immobile.

— Je t'en prie, Alex, le supplie-t-elle tout bas. Je dois absolument partir, ne le dis pas à papa ni à maman...

— Je sens que c'est le temps d'une bonne négo. Que m'offres-tu pour acheter mon silence ?

— Qu'est-ce que tu veux ?

— Tu fais briller ma moto, tous les jours, et ce, pour la prochaine année... NON ! DEUX ANNÉES ! C'est trop sérieux ce que tu as fait...

— Mais tu es complètement fou !!!

— **maman** ! crie alors Alex.

— CHUT ! d'accord, d'accord !

— Qu'est-ce qu'il y a, Alex ? demande sa mère du salon.

Zoé, terrifiée, retient son souffle...

— Est-ce qu'il reste des biscuits quadruple brisures de chocolat dans le garde-manger ?

— Je crois, oui.

Zoé respire...

— Alors c'est réglé, lui dit son frère. Deux ans... Tu sais que tu as fait de la grosse peu-peine à ma moto aujourd'hui ?

— Et toi, tu sais que lorsqu'il s'agit de ta moto, tu es complètement...

DÉBILE !!!

Zoé aperçoit le téléphone cellulaire accroché à la ceinture de son frère...
Elle le lui arrache.

— AÏE ! se plaint-il.

— J'en ai besoin ! Pour les urgences... Va manger
tes biscuits... **FUTUR GROS** !

Comme une ombre, Zoé glisse sur le tapis du passage jusqu'à l'extérieur. Là, elle pousse un long soupir...

PFIOOOOOVVVV !

Deux kilomètres de marche vers le nord condui-
sent Zoé et 4-Trine dans la partie de Woopiville peu
fréquentée. Par ici, la plupart des maisons et des
immeubles d'appartements sont abandonnés et pla-

Zoé se relève lentement.

— Qu'est-ce qui s'est passé ? Où suis-je ?

Au-dessus de sa tête, le trou béant au plafond lui rappelle sa chute. Des tas de petits objets colorés flottent partout. **DES KOYOS !**

Elle fouille dans une caisse et en découvre des centaines.

— Nous avons trouvé d'où ils proviennent... C'est tout plein de caisses ici.

Des clapotis se font entendre... *PLOUC ! PLOUC ! PLOU*

C'EST 4-TRINE ! Le faisceau de sa lampe sur l'eau lance des reflets partout...

Zoé saisit un Koyo et va s'asseoir sur une poutre e métal.

— Est-ce que ça va ? Tu n'es pas blessée ?

— NON ! Regarde, un Koyo ! Il y en a des milliers ...

— Alors, c'est bien ici que Mona est venue cher- er toutes ses figurines maudites, constate 4-Trine. lle balance sa lampe de gauche à droite.

– Tu sais ce que je pense ? Je ne crois pas lle soit vraiment méchante, explique Zoé à son . Je pense qu'elle est sous l'emprise des Koyos.

e malédiction l'a transformée en une personne isable qui ne pense qu'à semer la zizanie...

Nous n'avons donc pas le choix, réfléchit e. Il faut l'aider.

omment ?

our commencer, allons lui parler.

a, ça risque d'être problématique, affirme Zoé aison. Elle ne parle pas... *TRÈS BEAUCOUP* ...

cardés. Quelques rares lampadaires éclairent la rue qui débouche sur le vieux port, leur destination.

Dans l'eau de la baie, une grande et lugubre silhouette se découpe sur le ciel rouge... **LE NAVIRE !**

— Le soleil va bientôt se coucher, remarque 4-Trine. Il faut faire vite.

Elle allume sa lampe et fonce sans hésiter. Sur la poupe, Zoé aperçoit quelques lettres presque complètement effacées par le temps.

— C'EST LUI ! C'EST LE BON BATEAU ! C'est écrit en chinois, là...

— C'est du japonais, pas du chinois...

— **BON !** nous l'avons, notre preuve, nous pouvons rentrer maintenant...

— NON ! ces lettres ne veulent rien dire. Ce n'est pas la preuve formelle que les Koyos viennent de la cale de ce navire. Il faut monter à bord...

Par un vieux cordage toujours attaché au quai, elles atteignent le bastingage et l'enjambent rapidement.

4-Trine balaie avec le faisceau de sa lampe le pont encombré de débris.

— La coque du bateau doit toucher le fond parce que nous ne bougeons pas du tout, explique-t-elle.

— se réjouit Zoé. Nous ne risquons pas de couler de cette façon, n'est-ce pas 4-Trine ?

— Ouais ! je pense... Mais le navire est dans un très piteux état. Partout, il y a des trous, et le pont risque de s'effondrer à tout moment...

— Tu crois que l'on va trouver des squelettes à bord ? Parce que moi, j'ai une sainte horreur des squelettes, je les évite comme la peste, tout le temps...

— Ah, parce que tu en connais beaucoup, des squelettes, toi ? se moque son amie, qui continue toujours d'avancer.

Devant la cabine du capitaine, elles s'immobilisent.

— QUEL FOUILLIS ! On dirait ton pupitre à l'école, blague 4-Trine.

Sur un bureau, parmi des vêtements sales et des papiers, brille un objet...

— UNE PIÈCE ! REGARDE ! lui montre Zoé. UNE PIÈCE DE MONNAIE !

Inconsciente du danger, Zoé contourne 4-Trine et elle se glisse à l'intérieur... À peine a-t-elle fait deux pas que... LE PLANCHER CÈDE SOUS SON POIDS !!!

4-Trine bondit pour tenter d'attraper amie qui s'enfonce, mais il est trop elle disparaît dans le plancher.

Avec précaution, 4-Trine se couch le ventre et rampe vers le grand trou passer la tête. Plus bas dans la cale, inerte dans une marre d'eau vert des caisses de bois.

— ZOÉ ! ZOÉ ! hurle-t-elle. R MOI ! TU VAS BIEN ? RÉPONDS-

— Euh ! quoi ! marmonne Zoé ment, revient à elle. Je veux juste de la moutarde dans mon

— NE BOUGE PAS ! lui cr J'ARRIVE !!

— Bon ! il faudrait peut-être commencer à penser à sortir de cette poubelle géante...

— J'AI CE QU'IL FAUT ! lui dit son amie.

Zoé montre à 4-Trine le téléphone cellulaire d'Alex et se met aussitôt à pianoter sur les touches...

— Allô !

— ALEX !

— QUOI ? qu'est-ce que tu veux ? Je suis en train de regarder un film avec Shannie...

— Je veux que tu viennes me chercher, nous sommes prises dans la cale du navire échoué dans le vieux port...

— C'EST PAS CROYABLE ! s'emporte son frère. Vous avez un talent inné pour vous mettre dans le trouble, tout le temps... C'est comme un don !

— Viens avec la voiture de papa et emporte ton matériel d'alpiniste, tu en auras besoin... FAIS VITE ! BYE !

Une demi-heure plus tard, une corde rouge tombe sur la tête de 4-Trine...

POUN !

— AH, TIENS ! constate Zoé, ils sont arrivés...

L'une après l'autre, elles sont hissées hors de la cale. Sur le pont, le poids de quatre personnes fait dangereusement tanguer l'épave, comme une chaise berçante de grand-mère...

CRIIIIII ! CRIIIIIIII !

Zoé s'accroche à son amie 4-Trine.

— La marée haute soulève le navire et l'éloigne lentement du quai ! remarque Alex.

CRAC ! CRAC !

Les amarres se brisent...

Alex actionne un levier et la passerelle de débarquement descend lentement vers le quai.

— UNE PERSONNE À LA FOIS ! ordonne-t-il. IL NE FAUT PAS QU'ELLE SE BRISE...

Zoé court sur la passerelle, suivie de 4-Trine et Shannie.

Tirée par le navire, la passerelle glisse sur le quai et tombe sur un rocher. Alex fait de grandes enjambées et saute pour attraper juste à temps, avec le bout de ses doigts, le rebord du quai.

Zoé et 4-Trine saisissent ses bras et le tire hors de danger.

Au loin, le vieux navire s'enfonce dans de grands bouillons... ET DISPARAÎT !

34

— **TU VOIS** ! lui dit sa sœur, une chance que nous étions là parce que tu serais tombé dans l'eau...

— 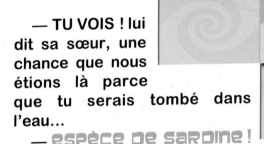 espèce de sardine ! Si tu n'étais pas là, je serais, moi, en train de regarder tranquillement un film avec Shannie !

Dans la voiture...

— Tu nous débarques près du parc, demande Zoé à son frère. Nous avons une dernière chose à faire avant de rentrer...

— **QUOI!?** vous mettre dans le pétrin encore une fois ?

Zoé lui fait une grimace.

— Et toi, Shannie, est-ce toi la nouvelle copine de mon frère ?

—  WOOOOH ! OOUUUH ! fait 4-Trine.

35

— L'as-tu déjà… EMBRASSÉ ?

Shannie rougit…

— Sur la bouche ??? ajoute-t-elle.

— POUAH ! grimace 4-Trine.

— CONTINUEZ VOTRE PETIT MANÈGE ET C'EST ICI QUE JE VOUS DÉBARQUE TOUTES LES DEUX ! s'impatiente son frère.

Zoé et 4-Trine se mettent à ricaner tout bas.

HI ! HI ! HI ! HI ! HI !

Devant le parc, la voiture s'arrête. Une portière s'ouvre, et Zoé et 4-Trine débarquent.

— Nous allons rentrer à pied, chauffeur, dit Zoé à son frère, qui démarre aussitôt…

VROOOOUUUMM !

— Quel est le plan maintenant ? demande Zoé.

— Je ne sais pas trop comment aborder cette fille, lui avoue 4-Trine. Elle me fait un peu peur.

— Moi aussi, IDEM ! Alors on serait mieux d'y aller toutes les deux…

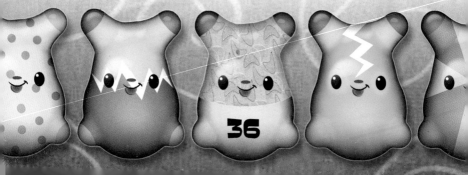

— Je pense que c'est la meilleure solution. Si elle daigne bien nous recevoir chez elle.

— Moi, je dis que c'est à moitié gagné si nous réussissons à entrer dans sa chambre...

Devant la maison de Mona...

Zoé monte les quelques marches et appuie sur le bouton de la sonnerie...

— Mais qu'est-ce que tu attends ? VIENS !

4-Trine vient rejoindre son amie sur le balcon.

La porte s'ouvre...

C'est la mère de Mona qui répond.

— Pardon madame, elle, c'est mon amie 4-Trine et moi, je m'appelle Zoé. Nous savons qu'il se fait tard, mais serait-il possible de parler à Mona ? C'est au sujet d'un travail que nous devons remettre demain, en classe...

— Attendez ici ! Je vais aller la chercher.

4-Trine donne un coup de coude à Zoé.

— Génial, le coup du travail scolaire !

À l'intérieur de la maison, une silhouette au visage dissimulé sous une épaisse chevelure approche...

C'EST ELLE !

Lorsque Mona arrive à l'entrée, elle tente de refermer la porte, mais Zoé met son pied dans l'ouverture, juste à temps. Mona pousse de toutes ses forces, mais c'est inutile...

— Nous voulons te parler, lui dit Zoé. Et nous ne partirons pas tant que tu ne nous en auras pas donné la chance, ajoute-t-elle sur un ton très convaincant.

Mona réfléchit quelques secondes puis, à leur grand étonnement... ELLE OUVRE LA PORTE !

Zoé et 4-Trine la suivent jusqu'à la pièce la plus éloignée de la maison... SA CHAMBRE !

Elles entrent et découvrent des centaines de Koyos, **PARTOUT** ! Sur les meubles et les étagères, des tas de Koyos...

Zoé frissonne, car elle peut sentir l'effet de la malédiction qui se dégage des figurines...

4-Trine s'approche de Mona qui, nerveusement, danse sur une jambe puis sur l'autre.

— Mona, lui dit doucement 4-Trine, je ne sais pas par où commencer, mais... NOUS SAVONS TOUT ! Nous sommes allées visiter l'épave du vieux navire japonais.

Mona s'immobilise et recule...

KEEP COOL !

— NON ! fait Zoé en la retenant. Je t'en prie, écoute-nous. TU N'ES PAS UNE PESTE ! Tu es sous l'emprise de ces figurines maudites...

— Nous avons tout découvert aujourd'hui, poursuit 4-Trine, et nous pouvons te le prouver.

4-Trine s'installe devant l'ordi de Mona et tape *Koyo*.

Lorsque la petite figurine apparaît à l'écran, Mona s'approche et se met à lire l'histoire de cette usine maudite affligée de la malédiction des deux Magraas... LES DEUX VIES !

De longues secondes passent, et Mona demeure immobile devant l'écran.

Puis soudain... ELLE SE RAPPELLE !

— Je sais que c'est très mal, mais c'est plus fort que moi, avoue-t-elle d'une très petite voix. Aidez-moi, je vous en prie !

Zoé regarde 4-Trine et lui dit :

— Emmène-la hors de la chambre, je m'occupe de tout...

Mona tremblote...

4-Trine la prend doucement par l'épaule et elles sortent toutes les deux...

Seule dans la chambre de Mona, Zoé regarde les figurines avec dégoût... ET CRAINTE !

— Si ces saletés de figurines ont réussi à transformer Mona, je dois être très prudente...

Elle prend une grande inspiration et entreprend de ramasser systématiquement TOUS LES KOYOS !

Sur le lit de Mona, elle vide toutes ses tablettes, fouille ses tiroirs, renverse son sac à dos, explore son pla-

card... Une montagne de Koyos s'élève sur le lit de Mona. Elle tire le drap et attache les extrémités. Par la fenêtre, elle jette finalement la lourde poche...

MAINTENANT, la chambre de Mona est complètement vide. Mais juste comme elle allait ouvrir la porte, Zoé aperçoit un dernier Koyo ! Il se trouve dans un petit cabinet verrouillé avec trois cadenas...
Un koyo tout doré !
Elle ouvre ensuite la porte...

VOUS POUVEZ ENTRER MAINTENANT !
À l'intérieur, Mona et 4-Trine sont toutes les deux très étonnées de voir avec quelle rapidité Zoé a vidé la chambre.
Celle-ci écarte les bras...

—   fait-elle, satisfaite. Il ne reste que celui-là... DANS CE CABINET VERROUILLÉ !
4-Trine aperçoit le magnifique Koyo doré.
— Tu as les clés ? demande-t-elle à Mona. Il faut se débarrasser de celui-là aussi...
Mona s'approche du cabinet.

— **non ! ne craignez rien !** Ce Koyo n'est pas un mauvais Koyo, leur explique Mona. Il y a deux Magraas, celui du malheur et celui bonheur. Ce Koyo est très rare, c'est un Koyo du bonheur. Il accorde, à la personne qui le possède..., UN SOUHAIT ! Un seul... Lorsque je serai une adulte, je vais faire mon souhait, et le Koyo va me l'accorder...

— **Un souhait !** Quel sera-t-il ? lui demande Zoé. Sais-tu ce que tu vas lui demander ?

— OH **OUI** ! répond Mona. J'ai toujours rêvé de devenir une *star* de cinéma. C'est mon vœu le plus cher... Et le jour où je vais le formuler, il y aura à Woopiville un orage comme vous n'en aurez jamais vu. Le ciel deviendra mauve et la pluie viendra de tous les côtés. Des centaines d'éclairs déchireront le ciel. Lorsque je vais faire mon souhait... VOUS ALLEZ VRAIMENT LE SAVOIR !

— C'est donc pour cela qu'il est dans ce cabinet HYPER VERROUILLÉ ! comprend maintenant Zoé.

— **T'as pigé !** lui dit Mona. Ça vaut super cher, un truc pareil...

— Tu es très chanceuse de posséder ce Koyo, Mona, tu sais, lui dit 4-Trine. TRÈS CHANCEUSE !

41

— BON ! fait Zoé. Ce n'est pas que je m'ennuie, mais il faudrait penser à rentrer, il se fait tard...

4-Trine regarde sa montre et grimace.

OH ! OH !

— Merci pour tout ! soupire Mona. Merci...

Zoé et 4-Trine sortent de la chambre de Mona. Deux secondes plus tard, 4-Trine y retourne...

— Est-ce que nous sommes des amies maintenant ? demande-t-elle à Mona,

Mona sourit et fait oui avec sa tête...

Le lendemain matin...

Zoé court sur le trottoir avec le drap rempli de Koyos.

— C'est une chance que j'y aie songé, sinon quelqu'un les aurait ramassés et tout aurait été à recommencer...

Elle s'arrête derrière l'école et jette les Koyos dans le conteneur à déchets.

BLANG !

— Maintenant... C'EST VRAIMENT TERMINÉ !!!

BON DÉBARRAS !

Zoé tourne le coin de la rue juste sur une jambe... ET ARRIVE DEVANT LA CHOCOLATERIE !

COMO ESTA !

— BON ! pourquoi es-tu en retard, cette fois-ci ? Tu devais terminer tes huit bols de céréales et tes douze crêpes au sirop ?

GNANGNAN !

42

Elles prennent place dans la classe et, comme d'habitude, attendent les autres élèves, qui commencent à arriver.

Charles, Steve, puis... MONA !

Mona sourit à Zoé et s'approche d'elle.

— Comment vas-tu ?

— SUPER BIEN ! répond Mona. AH OUI ! ma mère a fait des biscuits ce matin, je vous en ai apporté...

Mona dépose un sac sur le pupitre de Zoé et un autre sur celui de 4-Trine.

YEEESSS !

— MERCI BEAUCOUP ! lui dit 4-Trine. Tu es très gentille ! Ta mère aussi, bien sûr... Tu le lui diras, hein !

43

Mona sourit et va
prendre sa place.

Caroline, la professeure, est
la dernière à entrer. Elle ferme la
porte, mais demeure là quelques instants, immobile et songeuse, la poignée
dans la main...

Zoé et 4-Trine se regardent...

— OH! OH! fait Zoé en hochant la tête.
Cette journée s'annonce mal... Elle a une
mauvaise nouvelle à nous apprendre !

Caroline se dirige très lentement vers
son pupitre et s'assoit... Tous les élèves
gardent le silence...

— ALORS ! fait-elle finalement. Je
voudrais juste vous informer qu'un
élève de la classe sera absent pour
quelque temps...

C'est à ce moment-là que Zoé et
4-Trine remarquent qu'Antonin
n'est pas à son pupitre....

— Antonin ne sera pas présent en classe pour quelques jours, poursuit Caroline. Mais il reviendra sans doute au début de la semaine prochaine.

Zoé baisse la tête vers son pupitre.

Au fond de la classe, un bruit survient.

4-Trine se retourne. Mona est debout, ses cheveux cachent de nouveau son visage. Elle se met à courir entre les deux rangées de pupitres jusqu'à la sortie et disparaît par la porte.

Caroline se lève d'un seul bond et crie, dans le corridor :

— Mona ! Reviens ici !

Aucune réaction…

Caroline rentre dans la classe et charge 4-Trine de la surveillance.

— Je reviens dans une minute ! ajoute-t-elle.

4-Trine se lève et s'en va près de la porte.

— Elle est partie chez le directeur, rapporte-t-elle à tous les élèves.

Deux minutes passent et Caroline revient...

— BON ! sortez vos cahiers de géo.

Soudain, à l'extérieur... LE CIEL S'ASSOMBRIT RAPIDEMENT !

— Non, mais, qu'est-ce qui se passe ? cherche à comprendre Caroline. Il faisait un temps radieux il y a à peine deux minutes...

Zoé et 4-Trine comprennent toutes les deux en même temps...

Elles se lèvent et courent pour sortir de l'école !

Dans la cour, elles lèvent les yeux au ciel. Ce dernier est mauve et menaçant. La pluie vient de tous les côtés, et des centaines d'éclairs déchirent le ciel.

CHRACCC ! CHRACCC !

Sur le trottoir inondé d'eau, elles courent vers la maison d'Antonin. Là, à l'entrée, elles aperçoivent un parapluie ouvert sous lequel se cache une jeune fille à la chevelure dense balayée par le vent... MONA !

La porte de la maison s'ouvre...

— Bonjour madame ! Je m'appelle Mona, je suis une amie d'Antonin et je voudrais vous remettre quelque chose.

Elle tend son bras vers la mère d'Antonin. Dans sa main brille... SON FAMEUX KOYO DORÉ !

Elle prend une très grande inspiration et dit :

— JE SOUHAITE LE PLUS GRAND BONHEUR À TOUS CEUX QUI HABITENT CETTE MAISON...

FIN

47

Retourne ton roman

TÊTE-BÊCHE

pour lire l'histoire de

4-Trine

Il était 2 fois...

J'ai un peu le trac !

Bon ! Alors c'est moi qui vais lui expliquer. Il était 2 fois... est un roman TÊTE-BÊCHE, c'est-à-dire qu'il se lit à l'endroit, puis à l'envers.

NON ! NE TE METS PAS LA TÊTE EN BAS POUR LE LIRE... Lorsque tu as terminé une histoire, tu peux retourner le livre pour lire l'autre version de cette histoire. CRAQUANT, NON ? Commence par le côté que tu désires : celui de 4-Trine ou mon côté à moi... Zoé !

J'peux continuer ? BON ! Et aussi, tu peux lire une histoire, et lorsque le texte change de couleur, retourne ton livre. À la même page de l'autre côté, tu vas découvrir des choses...

Deux aventures dans un même livre.

Tu crois qu'elle a capté ?

CERTAIN ! Elle a l'air d'être aussi brillante et géniale que nous...

Dans le parc de Woopiville, le beau soleil brille...

Sur un banc, leur banc de parc préféré, Zoé écoute de la musique pendant que 4-Trine, sa *BEST CHUMIE* comme elle l'appelle, est étendue sur le ventre, dans l'herbe devant elle...

— Qu'est-ce que tu lis ? demande Zoé à 4-Trine.

— Un livre ! lui répond 4-Trine.

— ᴀH ! fait Zoé. Un livre ! Je croyais que tu lisais une conserve de thon ou un pot de beurre d'arachide... Non, mais sérieusement...

5

NO 26 JOHNNY

VOTRE

— Ce n'est pas qu'un livre, c'est aussi une quête. Je dois trouver la bonne fin de l'histoire, car il y en a plusieurs. Pour le moment, ça va très mal : je me suis fait bouffer par des loups-garous, par des vers géants et, une fois, je suis tombée dans les douves d'un château infesté de crocodiles mutants à deux têtes. Ça fait trois fois que je meurs aujourd'hui...

— Tu vas te coucher tôt ce soir ! Mourir trois fois dans la même journée... C'EST ÉPUISANT !

TRÈS ÉPUISANT !

— Justement, ça commence à être plate à mort ici, soupire Zoé. Qu'est-ce qu'on fait ? On va au club vidéo chercher un film ?

— Non, attends un petit instant, lui demande 4-Trine.

Elle referme son livre et recule lentement s'asseoir près de son amie.

— QUOI ! QU'EST-CE QU'IL Y A ?

— C'est très bizarre : j'observe ces trois écureuils, et ils ont un comportement vraiment étrange. Depuis tantôt, ils se disputent une noix de Grenoble qui semble vouloir toujours leur échapper...

— Comme dans le film *Ère de glace*, dit Zoé.

— Ouais ! un peu…, mais je ne comprends pas, explique 4-Trine. Chaque fois que l'un d'eux saisit la noix et veut grimper à son arbre pour l'emporter dans son repaire, elle tombe de sa bouche et roule par terre jusqu'à la fontaine là-bas, et la bagarre recommence. C'est toujours la même chose, regarde bien…

Noix dans la bouche, un écureuil poursuivi par les deux autres contourne une poubelle et saute sur un arbre. Juste comme il s'apprête à grimper…

POC ! La noix sort de sa bouche et roule COMME PAR MAGIE jusqu'à la fontaine…

7

Zoé regarde 4-Trine, éberluée.

— Je te l'avais dit, c'est toujours la même chose...

Les trois écureuils repartent en courant en direction de la fontaine. Là, le premier arrivé saute sur la noix de Grenoble, le deuxième bondit sur le premier rongeur qui, lui, échappe la noix. Le troisième l'attrape à son tour. Les deux autres le pourchassent et lui sautent dessus...

OH Là !

Zoé hurle :

—  **nooooon !**

Elle se lève d'un seul bond et chasse les écureuils.

— **CESSEZ DE VOUS BATTRE !**

4-Trine arrive près d'elle.

— Est-ce que quelqu'un peut bien m'expliquer ce qui se passe à Woopiville ? se questionne son amie. Partout, les gens se disputent, même les animaux se battent entre eux. C'est assez incroyable, cette situation...

— Crois-tu qu'une sorte de sorcière a jeté un sort sur Woopiville, il y a de cela des siècles ? l'interroge Zoé. Une espèce de sortilège ou de malédiction qui reviendrait tous les cent ans...

GENRE !

4-Trine cherche, elle aussi, à comprendre. Elle se gratte la tête comme le font les singes.

Zoé remarque soudain un petit objet placé sur le bord de la fontaine.

— AH! COMME C'EST DOMMAGE! s'exclame-t-elle. Un enfant a oublié son jouet au parc...

Zoé saisit la petite figurine bleue.

— MONTRE-MOI! lance 4-Trine en lui arrachant l'objet des mains.

À leurs pieds, la noix de Grenoble se met tout à coup... À BOUGER!

Zoé aperçoit un fil très fin et presque invisible attaché à la noix. La noix roule rapidement entre les arbres et file vers le trottoir où se tient une fille qu'elles connaissent : MONA!

Rapidement, Mona traverse la rue et disparaît dans une ruelle...

Les deux amies se regardent et cherchent à comprendre ce qui vient de se passer.

— Je te laisse la figurine, lui dit finalement Zoé. Moi, j'avais presque oublié que je dois tondre le gazon avant le dîner si je veux avoir mon allocation hebdomadaire...

— C'est nouveau, ça!

— C'est la dernière trouvaille de mon père, soupire Zoé. « Il faut travailler pour avoir des sous ! » qu'il dit. L'ENFER !!!

4-Trine pousse la porte de la clôture et entre dans la cour de sa maison. Elle stoppe net lorsqu'elle entend les miaulements plaintifs de sa petite chatte.

MIIIAAAOOOOUUU !

— CAPUCINE ! crie-t-elle. Où es-tu ? Tu es encore montée dans un arbre et tu es incapable de redescendre maintenant…

ah, BRaVO !!!

La tête vers le ciel, 4-Trine cherche entre les branches du grand saule dans la cour.

Lorsqu'elle contourne l'arbre…

MIIIAAAOOOOUUU !

Elle baisse la tête et aperçoit sa petite chatte ligotée au tronc avec du gros ruban gommé. Elle se jette à genoux et entreprend de la libérer sans attendre.

MIIIAAAOOOOUUU !

— Mais qui est l'imbécile qui t'a *scotchée* de la sorte ? s'indigne-t-elle lorsqu'elle parvient à dégager sa chatte.

4-Trine caresse Capucine et la serre très fort sur elle pour la réconforter. Le poil de sa petite chatte est tout plein de colle... La colère monte en elle.

Le visage tout ROUGE, elle aperçoit une note clouée à l'écorce du saule. D'une main, elle arrache le bout de papier, sur lequel est écrit : « Tes fringues de clown de cirque me font vomir... Je te déteste et je ne veux plus que tu empruntes ma rue pour te rendre à l'école. SINON !... » Et c'est signé... « CHARLES » !

Le visage de 4-Trine, qui était tout rouge, passe au...VIOLeT ! Elle se relève. Ses yeux se remplissent...

D'un pas SUPER décidé, elle se dirige directement vers la maison de Charles...

— Nous allons voir ce que nous allons voir, marmonne-t-elle en retenant ses larmes. Il faut battre le fer quand il est chaud. Eh bien, il faut battre aussi le garçon, surtout lorsqu'il est plus petit que soi !

Elle monte les marches, appuie très fort sur la sonnette et prend une très grande inspiration... De longues secondes passent sans que personne vienne répondre. Elle sonne de nouveau...

TOUJOURS PERSONNE !

— Ils ne sont pas là, ma petite 4-Trine, l'informe la voisine, qui était affairée dans son jardin.

— AH ! bonjour, madame Carla, lui répond 4-Trine en essayant de dissimuler sa douleur...

— Ils sont tous partis faire des courses très tôt ce matin et ils ne reviendront que très tard, ajoute la dame.

4-Trine se met à réfléchir quelques secondes, puis... SON VISAGE S'ILLUMINE !

— Merci beaucoup, madame Carla... **BEAUCOUP** !

La vieille dame soulève ses épaules et se remet au travail.

Avec Capucine toujours dans ses bras, 4-Trine marche rapidement vers chez elle.

— Si je ne me trompe pas, je devrais trouver... **QUELQUE CHOSE DANS MA COUR** !

4-Trine pousse avec son pied la porte de la clôture, contourne le saule et trouve QUOI sur la table de pique-nique ?

— **JE LE SAVAIS !!!**

Dans la maison, le téléphone sonne...

DRIIING !

DRIIING !

4-Trine décroche le combiné.

— Allô !

— **TU n'ES PLUS mon amie** ! hurle très fort une voix que 4-Trine ne réussit pas à identifier.

— **PARDON** ? Qui est-ce qui parle ? demande-t-elle.

— ZOÉ ! TON EX-AMIE ! continue-t-elle de crier. C'est dégueulasse ce que tu as fait ! JE NE VEUX PLUS TE PARLER ! JAMAIS DE LA VIE !

— Mais qu'est-ce que j'ai fait ? veut comprendre 4-Trine. QUOI ?

— INVENTER DE TELLES CALOMNIES !

12

LES VRAIES AMIES NE FONT PAS ÇA !
Je ne veux plus te voir… JAMAIS !

Pas besoin d'explications, 4-Trine vient de tout piger…

— ZOÉ ! ÉCOUTE-MOI !

— JE T'AI DIT QUE JE NE VOU-LAIS PLUS TE PARLER ! TU ES SOURDE ???

— D'accord ! insiste calmement 4-Trine. Mais laisse-moi te demander une dernière chose avant que tu raccroches et que l'on ne se parle plus pour l'éternité…

— QUOI ? lui accorde à contre-cœur Zoé.

— Est-ce qu'il n'y aurait pas dans ta chambre, par hasard, une petite figurine comme celle que nous avons trouvée au parc, plus tôt ?

Zoé cherche autour d'elle et que trouve-t-elle sur sa commode ?

Un long silence s'ensuit…

4-Trine reprend la parole :

— Zoé ! Il y en a une, n'est-ce pas ? fait-elle tout bas.

— Comment le savais-tu ? veut comprendre Zoé qui, tranquillement, reprend son calme.

— Moi aussi, j'en ai trouvé

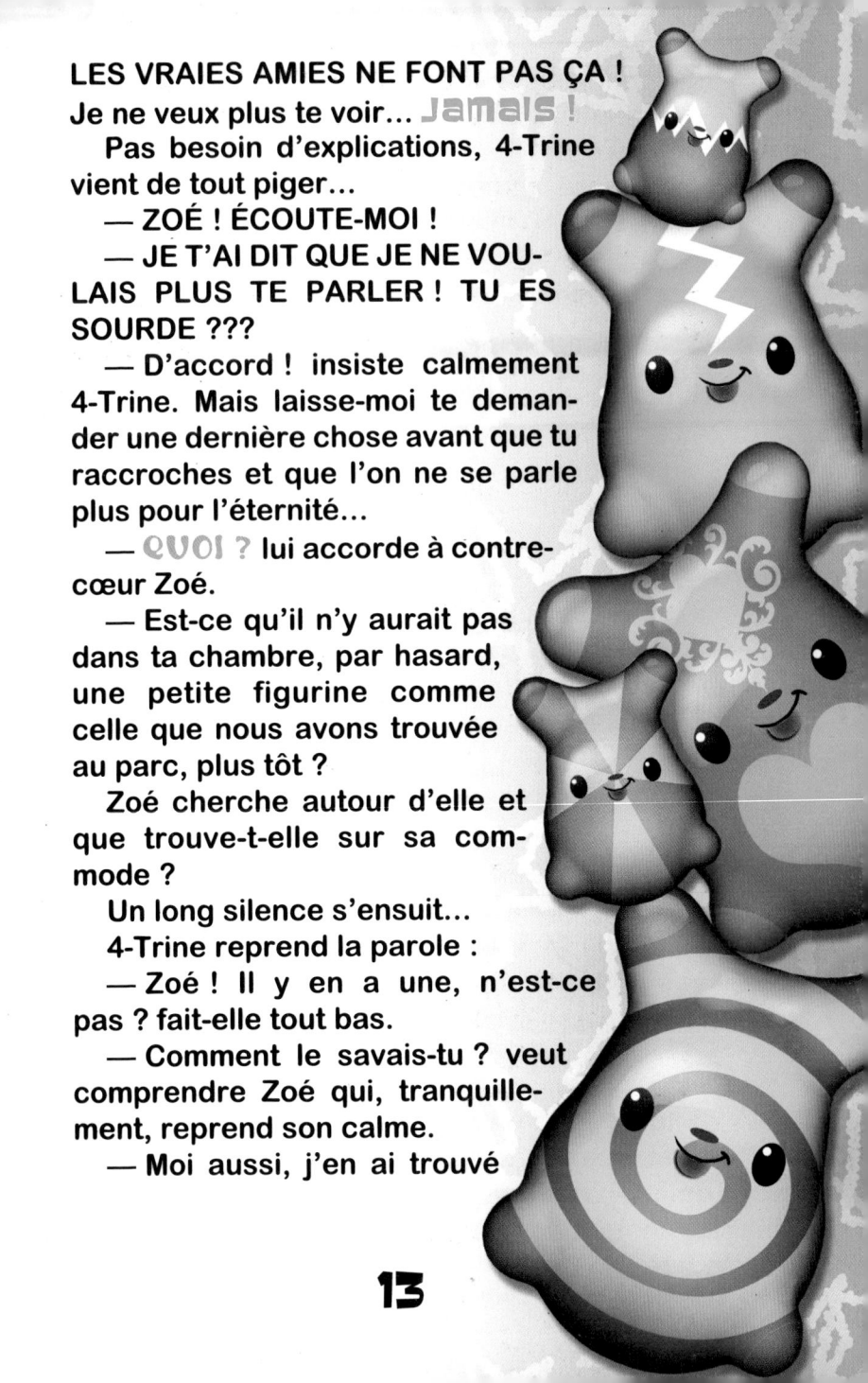

une chez moi, lui dit son amie. Il faut que tu viennes ici **TOUT DE SUITE !** Nous devons trouver ce qui se passe à Woopiville, et ces figurines sont la clé de l'énigme...

— Je ne peux pas, je suis en punition pour quelque chose que je n'ai pas fait...

— **JE M'EN FOUS !** insiste 4-Trine. Fais ce que tu veux, mais ramène tes vête-ments avec toi dedans... ICI !

Dans sa chambre, 4-Trine attend patiemment son amie. Elle réfléchit et regarde les deux figurines qu'elle a placées l'une à côté de l'autre sur son pupitre.

La porte de sa chambre s'ouvre lentement : c'est Zoé. 4-Trine lui sourit. Zoé fouille dans sa poche, dépose, près des deux autres, la figurine qu'elle a trouvée dans sa chambre, puis s'assoit sur le lit près de 4-Trine.

— La mienne est plus belle que la tienne, la taquine Zoé.

— Moi, j'aime mieux celle des écureuils, lui avoue 4-Trine.

— Excuse-moi de t'avoir engueulée tantôt...

4-Trine serre très fort Zoé...

— T'es toujours ma **BEST CHUMIE !**

— On fait quoi là, avec ça ? demande Zoé. Nous savons maintenant que lorsqu'il y a une dispute ou de la bisbille, nous allons trouver une de ces figurines pas très loin...

14

EXACT !

— Et nous savons aussi que Mona n'est pas étran-gère à tout cela, ajoute 4-Trine.

— Demain, nous allons fouiller l'ordi de la biblio-thèque et les archives de la Ville, suggère Zoé. Nous trouverons peut-être quelque chose...

— BONNE IDÉE !...

ET BONNE NUIT !!!

— Mais qu'est-ce qu'elle fait ? Nous allons arriver en retard, s'impatiente 4-Trine devant la chocolate-rie.

Arrêtés au feu rouge devant elle, deux automobi-listes s'engueulent sous les regards amusés des pas-sants.

— AS-TU GAGNÉ TON PERMIS DE CONDUIRE À LA LOTERIE !? hurle le premier. TÊTE DE CHIHUA-HUA !...

— ET PUIS TOI, FACE DE SAC À POUBELLE ! crie le deuxième. LORSQUE TU ES NÉ, TA MÈRE N'ÉTAIT PAS TENTÉE DE T'APPELER...

BEURK !

4-Trine remarque soudain, accrochée au rétrovi-seur de chacune des DEUX VOITURES..., UNE PETITE FIGURINE !

— Tant pis pour Zoé, je pars sans elle...

— **Hé Hoooo ! Yo !** crie Zoé. Attends-moi !

4-Trine s'arrête.

— Désolée ! J'étais prise dans une discussion À SENS UNIQUE, *genre* très intéressante, avec mon père... J'ME FAISAIS ENGUEULER !

— Allons-y !

Zoé et 4-Trine sont les premières arrivées en classe. Assises, elles attendent les autres élèves...

SURTOUT Mona !

Ceux-ci commencent à entrer. Le premier, c'est Charles. Il passe tout près de 4-Trine. Elle lui prend le bras affectueusement...

— Allô Charles...

— Allô 4-Trine ! Ça va ?

— Oui ! merci... Et toi ?

— J'ai fait des courses toute la journée avec mes parents hier. Tu n'as pas idée de tout ce que nous avons acheté pour la piscine ! Je vais te raconter tantôt, à la récré... Nous allons avoir un plaisir fou !

— Bien sûr, Charles... À plus !

D'autres élèves entrent puis, enfin..., MONA ! Zoé et 4-Trine figent sur place lorsqu'elles l'aperçoivent. Les bras croisés, la tête penchée, ses longs cheveux de deux couleurs cachant son visage, elle passe devant elles sans les regarder et s'en va directement au fond de la classe. Dernière rangée, dernier pupitre... Une fois assise, elle relève un peu la tête, juste assez pour laisser voir un de ses yeux...

UN SEUL !

16

17

— J'ai vraiment l'impression que cette fille est une sorte de sorcière, pense 4-Trine. Elle dégage un je-ne-sais-quoi qui m'effraie un peu... Globalement...
ELLE FAIT PEUR !

La professeure entre dans la classe.
— Bonjour, madame Caroline ! font tous les élèves.

Caroline jette un coup d'œil dans la pièce et constate qu'un pupitre est libre, celui d'Antonin.

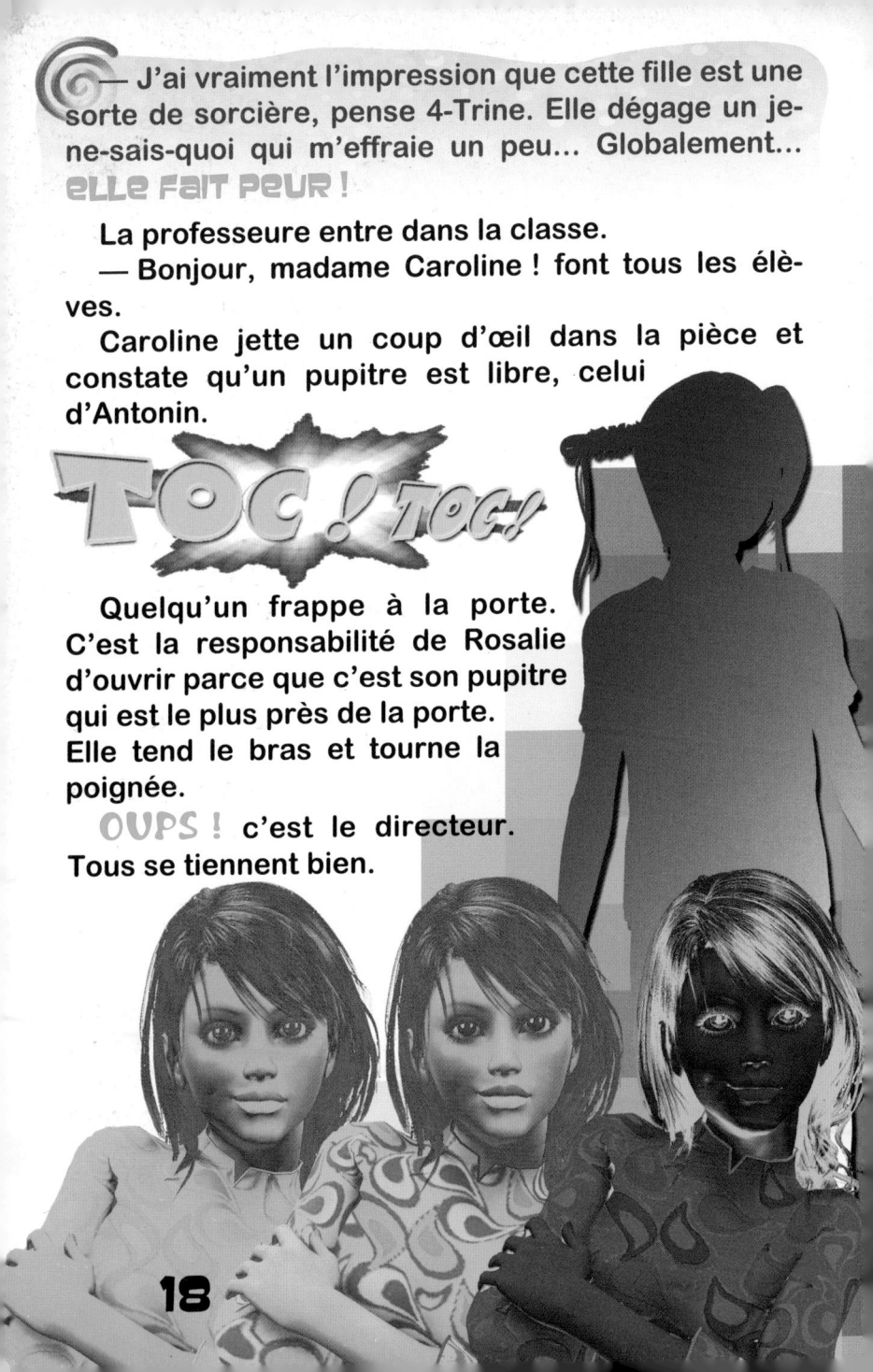

Quelqu'un frappe à la porte. C'est la responsabilité de Rosalie d'ouvrir parce que c'est son pupitre qui est le plus près de la porte. Elle tend le bras et tourne la poignée.
OUPS ! c'est le directeur.
Tous se tiennent bien.

18

Il entre,
main dans la
main avec
Antonin, qui porte
sa casquette contraire-
ment au règlement de l'école.

Le directeur se penche vers Caroline pour lui chu-
choter quelque chose à l'oreille... Le visage de
Caroline devient soudain très sérieux.

Zoé et 4-Trine se regardent et cherchent à comprendre...

Caroline inspire un bon coup puis dit :

— Tu peux prendre ta place, Antonin, nous allons
commencer... Tu as tes cahiers et tes livres ?

Antonin fait oui avec sa tête puis va à sa place très
lentement...

Le directeur quitte la classe et referme la porte
très doucement...

Il y a rarement ce genre de silence dans la
classe...

Un élève lève la main.

— OUI, OLIVIER ? demande Caroline.

— Pourquoi Antonin porte-t-il sa casquette en
classe, madame Caroline ? Parce que si nous avons
le droit, je voudrais bien porter la mienne moi aussi...

— C'est très exceptionnel, Olivier, lui explique
Caroline. Antonin est très très sensible au soleil et
avec toutes les fenêtres dans la classe, ça l'incom-
mode très fortement...

4-Trine. Qui ne connait pas la vérité ? Ses parents ne se parlent plus, ils veulent se séparer... Ça le rend SUPER triste bien sûr et il pleure tout le temps... LA CASQUETTE ! C'est pour cacher ses larmes...

— BON ! lâche Caroline pour ramener tout le monde à l'ordre. MONA ! Pourrais-tu laver le tableau s'il te plaît ? Nous avons des gros problèmes de mathématiques à résoudre ce matin...

Bras toujours croisés devant elle, Mona se lève et se dirige vers le lavabo. Lorsqu'elle tend son bras pour prendre l'éponge, Zoé et 4-Trine aperçoivent en même temps, sur son chandail, l'image d'une petite figurine...

« ELLE T'AIME ! YEAH ! YEAH ! YEAH ! »

YES ! Ça, c'est la cloche qui sonne ! DRÔLE DE SONNERIE ! OUAIP ! depuis que 4-Trine s'en est chargée...

À la bibliothèque, devant un ordi...

— Je vais taper : *FIGURINE* ! propose Zoé.

Deux cent mille pages apparaissent...

DE QUOI ÊTRE MALADE !!!

— Il faut être plus précises, suggère 4-Trine. Ça me semble d'origine japonaise, ces trucs. Tape *figurines japonaises*.

20

Deux
cent trente-
deux pages appa-
raissent...

— C'est un peu mieux,
mais il faut encore réduire,
sinon nous n'y arriverons
jamais.

— JE SAIS ! s'exclame Zoé. Je
vais taper : *figurines japonaises*
avec un mot en japonais, et nous
verrons... Tu en connais un, toi ?

— C'est n'importe quoi, ton idée !
s'oppose 4-Trine. Trouve autre
chose...

— **non! non!** je veux essayer.
Tiens, j'en ai un : *yoyo*.

— ESPÈCE DE CROÛTE !
Yoyo n'est pas un mot japonais...
Et puis tu t'es trompée, tu as
écrit *Koyo* à la place...

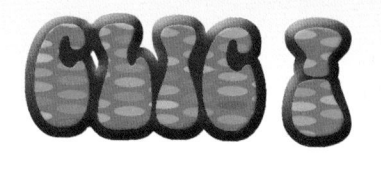

— **OUPS !** fait Zoé, j'ai appuyé sur « entrée » ! Je vais recommencer.

— **noôôon !** NE TOUCHE À RIEN ! lance tout à coup 4-Trine. TU ES TOMBÉE EN PLEIN DESSUS !!!

Sur l'écran vient d'apparaître l'image d'une petite figurine similaire à celle qu'elles recherchent.

— Je suis géniale ! s'exclame Zoé.

— T'es surtout chanceuse, la corrige 4-Trine.

Zoé se met à lire...

— Le texte dit qu'il s'agit d'une légende. Mais si on en croit ce qui se passe ici, à Woopiville, ce n'en est pas vraiment une, comprend Zoé. Au Japon, il y a très longtemps, un temple sacré a été détruit pour faire place à une usine de fabrication de jouets. Tous les jouets qui y étaient conçus étaient donc affligés de la malédiction des deux Magraas... LA MALÉDICTION DES DEUX VIES !

— Des deux vies ! répète 4-Trine.

CHUT !

— ÉCOUTE ÇA ! lui dit Zoé. Un jour, un mystérieux accident s'est produit à l'usine et elle fut brûlée par les habitants du village. Leur terre étant ainsi maudite, ils durent la quitter en bateau pour un autre village, bateau qui n'arriva jamais à destination.

Les autorités japonaises croient que le navire a coulé lors d'un typhon en pleine mer...

— Histoire sensationnelle, certes, mais nous n'apprenons rien, ça ne nous aide vraiment pas...

Zoé s'enfonce dans le fauteuil pour réfléchir.

— ATTENDS UNE SECONDE ! songe tout à coup 4-Trine. Je sais que c'est un peu poussé, mais je me rappelle cette vieille histoire de bateau abandonné, venu s'échouer, par une nuit de brouillard, en plein sur le quai de l'ancien port de Woopiville. Il n'y avait personne à son bord. Le navire était très rouillé, comme s'il avait passé des dizaines d'années en mer...

— Tu crois qu'il s'agit de ce navire perdu et que ces figurines seraient des jouets fabriqués dans cette usine maudite ? demande Zoé.

— ÉCOUTE ! Nous avons presque réussi à terminer tout le casse-tête, il nous manque une pièce pour tout comprendre... UNE SEULE ! Et je crois sérieusement qu'elle se trouve ici même, à Woopiville, dans le vieux port...

— YESSS ! il faut retourner en classe... Période de lecture... BÉDÉ !

— Après l'école, on fait nos devoirs et on étudie. Ensuite, je passe chez toi et on file au vieux port. DAC ?

— DAC ! fait Zoé.

Poupoulidou PART 12

ZUT !

AVEC SA MÈRE QUI LE SURVEILLE HUIT HEURES SUR HUIT, POUPOULIDOU SAIT TRÈS BIEN QU'IL SERA MÉGA DIFFICILE DE RÉALISER SON RÊVE... FAIRE PÉTER LA TERRE EN MILLE MORCEAUX...

IL COMMENCE À EN AVOIR RAS LE POMPON...

IL PROMET UN JOUR DE PLACER SA MAMAN DANS UNE RÉSIDENCE POUR PERSONNES AGÉES...

OUAIS !

IL EST COMPLÈTEMENT DÉGUEULASSE CE POUPOULIDOU...

POUPOULIDOU SE RAPPELLE TOUT À COUP AVOIR LU QU'AVEC LA PUISSANCE DE LA PENSÉE, ON PEUT RÉALISER DES CHOSES INCROYABLES...

ALORS IL SE CONCENTRE...

IL SE CONCENTRE TRÈS FORT...
SUPER FORT !

MAIS POUPOULIDOU N'OBTIENT PAS LE RÉSULTAT ESCOMPTÉ...

NON ! CAR IL DOIT MAINTENANT SE RENDRE À LA SALLE DE BAIN...
TRÈS VITE !!!

Le soir venu…

— Je ferais mieux de mettre un vieux chandail, songe 4-Trine devant sa commode. Ça doit être **SUPER CROTTÉ**, cet endroit, et je risque de me salir…

Une fois dehors, voyant que le soleil descend très bas sur l'horizon, elle retourne à l'intérieur pour chercher une lampe de poche.

— Je sens qu'elle va m'être assez utile…

 la lampe fonctionne. Direction : la maison de Zoé.

Là, elle ouvre la porte d'entrée et aperçoit son amie immobile dans l'escalier…

Zoé porte son index sur sa bouche **CHUT** ! et lui fait signe de ne plus bouger.

Lorsqu'elle pose le pied sur la dernière marche…

CRAC !

— OH NON ! murmure-t-elle entre ses dents.

Elle ferme les yeux et demeure immobile comme une statue quelques secondes.

Pas de réaction dans la maison. Elle ouvre les yeux…

MALHEUR !

Alex est planté devant elle, les mains sur les hanches, avec un sourire qui en dit long accroché à son visage…

Dans l'entrée, 4-Trine reste immobile.

— Je t'en prie, Alex, le supplie-t-elle tout bas. Je dois absolument partir, ne le dis pas à papa ni à maman...

— Je sens que c'est le temps d'une bonne négo. Que m'offres-tu pour acheter mon silence ?

— Qu'est-ce que tu veux ?

— Tu fais briller ma moto, tous les jours, et ce, pour la prochaine année... NON ! DEUX ANNÉES ! C'est trop sérieux ce que tu as fait...

— Mais tu es complètement fou !!!

— **maman** ! crie alors Alex.

— CHUT ! d'accord, d'accord !

— Qu'est-ce qu'il y a, Alex ? demande sa mère du salon.

Zoé, terrifiée, retient son souffle...

— Est-ce qu'il reste des biscuits tripple brisures de chocolat dans le garde-manger ?

— Je crois, oui.

Zoé respire...

— Alors c'est réglé, lui dit son frère. Deux ans... Tu sais que tu as fait de la grosse peu-peine à ma moto aujourd'hui ?

— Et toi, tu sais que lorsqu'il s'agit de ta moto, tu es complètement...

DÉBILE !!!

27

Dans l'entrée, 4-Trine reste immobile.

— Je t'en prie, Alex, le supplie-t-elle tout bas. Je dois absolument partir, ne le dis pas à papa ni à maman...

— Je sens que c'est le temps d'une bonne négo. Que m'offres-tu pour acheter mon silence ?

— Qu'est-ce que tu veux ?

— Tu fais briller ma moto, tous les jours, et ce, pour la prochaine année... NON ! DEUX ANNÉES ! C'est trop sérieux ce que tu as fait...

— Mais tu es complètement fou !!!

— **maman** ! crie alors Alex.

— CHUT ! d'accord, d'accord !

— Qu'est-ce qu'il y a, Alex ? demande sa mère du salon.

Zoé, terrifiée, retient son souffle...

— Est-ce qu'il reste des biscuits tripple brisures de chocolat dans le garde-manger ?

— Je crois, oui.

Zoé respire...

— Alors c'est réglé, lui dit son frère. Deux ans... Tu sais que tu as fait de la grosse peu-peine à ma moto aujourd'hui ?

— Et toi, tu sais que lorsqu'il s'agit de ta moto, tu es complètement...

DÉBILE !!!

Zoé aperçoit le téléphone cellulaire accroché à la ceinture de son frère...
Elle le lui arrache.

— AÏE ! se plaint-il.

— J'en ai besoin ! Pour les urgences... Va manger
tes biscuits... **FUTUR GROS** !

Comme une ombre, Zoé glisse sur le tapis du passage jusqu'à l'extérieur. Là, elle pousse un long soupir...

PFIOOOOOUUUU !

Deux kilomètres de marche vers le nord condui-
sent Zoé et 4-Trine dans la partie de Woopiville peu
fréquentée. Par ici, la plupart des maisons et des
immeubles d'appartements sont abandonnés et pla-

cardés. Quelques rares lampadaires éclairent la rue qui débouche sur le vieux port, leur destination.

Dans l'eau de la baie, une grande et lugubre silhouette se découpe sur le ciel rouge... Le navire !

— Le soleil va bientôt se coucher, remarque 4-Trine. Il faut faire vite.

Elle allume sa lampe et fonce sans hésiter. Sur la poupe, Zoé aperçoit quelques lettres presque complètement effacées par le temps.

— C'EST LUI ! C'EST LE BON BATEAU ! C'est écrit en chinois, là...

— C'est du japonais, pas du chinois...

— BON ! nous l'avons, notre preuve, nous pouvons rentrer maintenant...

— NON ! ces lettres ne veulent rien dire. Ce n'est pas la preuve formelle que les Koyos viennent de la cale de ce navire. Il faut monter à bord...

Par un vieux cordage toujours attaché au quai, elles atteignent le bastingage et l'enjambent rapidement.

4-Trine balaie avec le faisceau de sa lampe le pont encombré de débris.

— La coque du bateau doit toucher le fond parce que nous ne bougeons pas du tout, explique-t-elle.

—   se réjouit Zoé. Nous ne risquons pas de couler de cette façon, n'est-ce pas 4-Trine ?

— Ouais ! je pense... Mais le navire est dans un très piteux état. Partout, il y a des trous, et le pont risque de s'effondrer à tout moment...

— Tu crois que l'on va trouver des squelettes à bord ? Parce que moi, j'ai une sainte horreur des squelettes, je les évite comme la peste, tout le temps...

— Ah, parce que tu en connais beaucoup, des squelettes, toi ? se moque son amie, qui continue toujours d'avancer.

Devant la cabine du capitaine, elles s'immobilisent.

— QUEL FOUILLIS ! On dirait ton pupitre à l'école, blague 4-Trine.

— NON ! ces lettres ne veulent rien dire. Ce n'est pas la preuve formelle que les Koyos viennent de la cale de ce navire. Il faut monter à bord...

Par un vieux cordage toujours attaché au quai, elles atteignent le bastingage et l'enjambent rapidement.

4-Trine balaie avec le faisceau de sa lampe le pont encombré de débris.

— La coque du bateau doit toucher le fond parce que nous ne bougeons pas du tout, explique-t-elle.

— se réjouit Zoé. Nous ne risquons pas de couler de cette façon, n'est-ce pas 4-Trine ?

— Ouais ! je pense... Mais le navire est dans un très piteux état. Partout, il y a des trous, et le pont risque de s'effondrer à tout moment...

— Tu crois que l'on va trouver des squelettes à bord ? Parce que moi, j'ai une sainte horreur des squelettes, je les évite comme la peste, tout le temps...

— Ah, parce que tu en connais beaucoup, des squelettes, toi ? se moque son amie, qui continue toujours d'avancer.

Devant la cabine du capitaine, elles s'immobilisent.

— QUEL FOUILLIS ! On dirait ton pupitre à l'école, blague 4-Trine.

Sur un bureau, parmi des vêtements sales et des papiers, brille un objet...

— UNE PIÈCE ! REGARDE ! lui montre Zoé. UNE PIÈCE DE MONNAIE !

Inconsciente du danger, Zoé contourne 4-Trine et entre à l'intérieur... À peine a-t-elle fait deux pas que... LE PLANCHER CÈDE SOUS SON POIDS !!!

4-Trine bondit pour tenter d'attraper son amie qui s'enfonce, mais il est trop tard, elle disparaît dans le plancher.

Avec précaution, 4-Trine se couche sur le ventre et rampe vers le grand trou pour y passer la tête. Plus bas dans la cale, Zoé gît inerte dans une marre d'eau verte, entre des caisses de bois.

— ZOÉ ! ZOÉ ! hurle-t-elle. RÉPONDS-MOI ! TU VAS BIEN ? RÉPONDS-MOI !

— Euh ! quoi ! marmonne Zoé, qui, lentement, revient à elle. Je veux des frites et juste de la moutarde dans mon hot-dog...

— NE BOUGE PAS ! lui crie son amie. J'ARRIVE !!

Rapidement, 4-Trine contourne les débris et les gros cordages jusqu'à une écoutille ouverte. Là, une échelle semble descendre profondément jusqu'à la soute...

— Nous n'aurions jamais dû venir dans cet endroit TROP DANGEREUX ! pleurniche-t-elle en s'engouffrant dans la carcasse de l'épave.

Les barreaux sales et glissants rendent sa descente difficile et risquée.

— Le pire, c'est qu'il va falloir remonter par ici...

Les deux pieds dans l'eau verte, elle avance vers son amie Zoé qui, hors de l'eau, est assise sur une poutre. Dans sa main, elle tient... UN KOYO !

— Est-ce que ça va ? Tu n'es pas blessée ?

— NON ! Regarde, un Koyo ! Il y en a des milliers ici...

— Alors, c'est bien ici que Mona est venue chercher toutes ses figurines maudites, constate 4-Trine.

Elle balance sa lampe de gauche à droite.

— Tu sais ce que je pense ? Je ne crois pas qu'elle soit vraiment méchante, explique Zoé à son amie. Je pense qu'elle est sous l'emprise des Koyos. Cette malédiction l'a transformée en une personne méprisable qui ne pense qu'à semer la zizanie...

— Nous n'avons donc pas le choix, réfléchit 4-Trine. Il faut l'aider.

— Comment ?

— Pour commencer, allons lui parler.

— Ça, ça risque d'être problématique, affirme Zoé avec raison. Elle ne parle pas... TRÈS BEAUCOUP, la Mona...

— Bon ! il faudrait peut-être commencer à penser à sortir de cette poubelle géante...

— J'AI CE QU'IL FAUT ! lui dit son amie.

Zoé montre à 4-Trine le téléphone cellulaire d'Alex et se met aussitôt à pianoter sur les touches...

— Allô !

— ALEX !

— QUOI ? qu'est-ce que tu veux ? Je suis en train de regarder un film avec Shannie...

— Je veux que tu viennes me chercher, nous sommes prises dans la cale du navire échoué dans le vieux port...

— C'EST PAS CROYABLE ! s'emporte son frère. Vous avez un talent inné pour vous mettre dans le trouble, tout le temps... C'est comme un don !

— Viens avec la voiture de papa et emporte ton matériel d'alpiniste, tu en auras besoin... FAIS VITE ! BYE !

Une demi-heure plus tard, une corde rouge tombe sur la tête de 4-Trine…

POUM !

— AH, TIENS ! constate Zoé, ils sont arrivés…

L'une après l'autre, elles sont hissées hors de la cale. Sur le pont, le poids de quatre personnes fait dangereusement tanguer l'épave, comme une chaise berçante de grand-mère…

CRIIIIII ! CRIIIIIII !

Zoé s'accroche à son amie 4-Trine.

— La marée haute soulève le navire et l'éloigne lentement du quai ! remarque Alex.

CRAC ! CRAC !

Les amarres se brisent…

Alex actionne un levier et la passerelle de débarquement descend lentement vers le quai.

— UNE PERSONNE À LA FOIS ! ordonne-t-il. IL NE FAUT PAS QU'ELLE SE BRISE…

Zoé court sur la passerelle, suivie de 4-Trine et Shannie.

Tirée par le navire, la passerelle glisse sur le quai et tombe sur un rocher. Alex fait de grandes enjambées et saute pour attraper juste à temps, avec le bout de ses doigts, le rebord du quai.

Zoé et 4-Trine saisissent ses bras et le tire hors de danger.

Au loin, le vieux navire s'enfonce dans de grands bouillons… ET DISPARAÎT !

BLOUB ! BLOUB ! BLOUB !

— TU VOIS ! lui dit sa sœur, une chance que nous étions là parce que tu serais tombé dans l'eau...

— ESPÈCE DE SARDINE ! Si tu n'étais pas là, je serais, moi, en train de regarder tranquillement un film avec Shannie !

Dans la voiture...

— Tu nous débarques près du parc, demande Zoé à son frère. Nous avons une dernière chose à faire avant de rentrer...

— QUOI? vous mettre dans le pétrin encore une fois ?

Zoé lui fait une grimace.

— Et toi, Shannie, est-ce toi la nouvelle copine de mon frère ?

— WOOOOH ! OOUUUH ! fait 4-Trine.

35

— L'as-tu déjà… EMBRASSÉ ?

Shannie rougit…

— Sur la bouche ??? ajoute-t-elle.

— POUAH ! grimace 4-Trine.

— CONTINUEZ VOTRE PETIT MANÈGE ET C'EST ICI QUE JE VOUS DÉBARQUE TOUTES LES DEUX ! s'impatiente son frère.

Zoé et 4-Trine se mettent à ricaner tout bas.

HI ! HI ! HI ! HI ! HI !

Devant le parc, la voiture s'arrête. Une portière s'ouvre, et Zoé et 4-Trine débarquent.

— Nous allons rentrer à pied, chauffeur, dit Zoé à son frère, qui démarre aussitôt…

VROOOOUUUMMM !

— Quel est le plan maintenant ? demande Zoé.

— Je ne sais pas trop comment aborder cette fille, lui avoue 4-Trine. Elle me fait un peu peur.

— Moi aussi, IDEM ! Alors on serait mieux d'y aller toutes les deux…

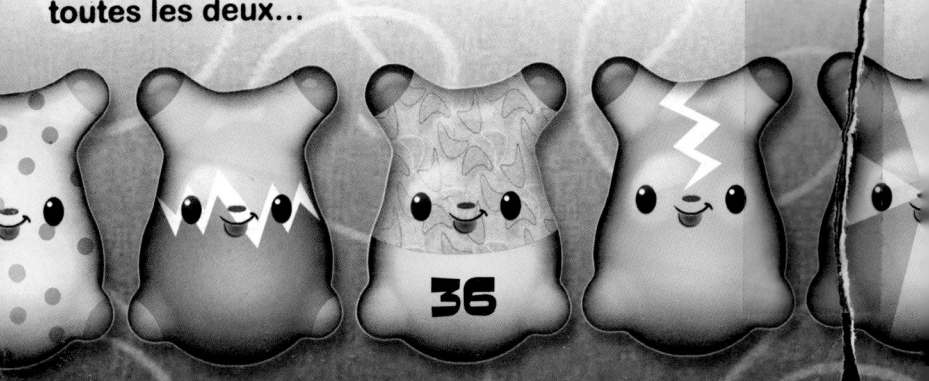

— Je pense que c'est la meilleure solution. Si elle daigne bien nous recevoir chez elle.

— Moi, je dis que c'est à moitié gagné si nous réussissons à entrer dans sa chambre...

Devant la maison de Mona...

Zoé monte les quelques marches et appuie sur le bouton de la sonnerie...

— Mais qu'est-ce que tu attends ? VIENS !

4-Trine vient rejoindre son amie sur le balcon.

La porte s'ouvre...

C'est la mère de Mona qui répond.

— Pardon madame, elle, c'est mon amie 4-Trine et moi, je m'appelle Zoé. Nous savons qu'il se fait tard, mais serait-il possible de parler à Mona ? C'est au sujet d'un travail que nous devons remettre demain, en classe...

— Attendez ici ! Je vais aller la chercher.

4-Trine donne un coup de coude à Zoé.

— Génial, le coup du travail scolaire !

À l'intérieur de la maison, une silhouette au visage dissimulé sous une épaisse chevelure approche... C'EST ELLE !

Lorsque Mona arrive à l'entrée, elle tente de refermer la porte, mais Zoé met son pied dans l'ouverture, juste à temps. Mona pousse de toutes ses forces, mais c'est inutile...

— Nous voulons te parler, lui dit Zoé. Et nous ne partirons pas tant que tu ne nous en auras pas donné la chance, ajoute-t-elle sur un ton très convaincant.

Mona réfléchit quelques secondes puis, à leur grand étonnement... ELLE OUVRE LA PORTE !

Zoé et 4-Trine la suivent jusqu'à la pièce la plus éloignée de la maison... SA CHAMBRE !

Elles entrent et découvrent des centaines de Koyos, PARTOUT ! Sur les meubles et les étagères, des tas de Koyos...

Zoé frissonne, car elle peut sentir l'effet de la malédiction qui se dégage des figurines...

4-Trine s'approche de Mona qui, nerveusement, danse sur une jambe puis sur l'autre.

— Mona, lui dit doucement 4-Trine, je ne sais pas par où commencer, mais... NOUS SAVONS TOUT ! Nous sommes allées visiter l'épave du vieux navire japonais.

Mona s'immobilise et recule...

— NON ! fait Zoé en la retenant. Je t'en prie, écoute-nous. TU N'ES PAS UNE PESTE ! Tu es sous l'emprise de ces figurines maudites...

— Nous avons tout découvert aujourd'hui, poursuit 4-Trine, et nous pouvons te le prouver.

4-Trine s'installe devant l'ordi de Mona et tape *Koyo*.

Lorsque la petite figurine apparaît à l'écran, Mona s'approche et se met à lire l'histoire de cette usine maudite affligée de la malédiction des deux Magraas... LES DEUX VIES !

De longues secondes passent, et Mona demeure immobile devant l'écran.

Puis soudain... ELLE SE RAPPELLE !

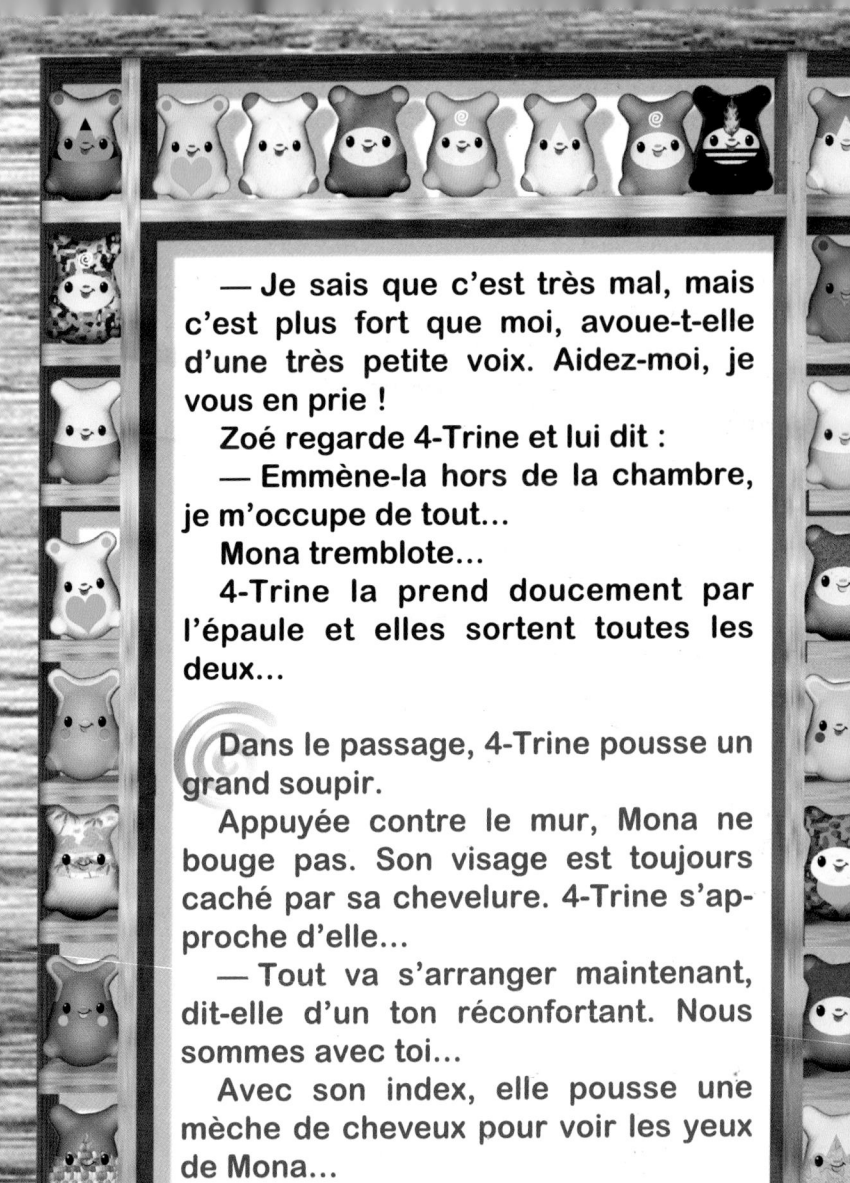

— Je sais que c'est très mal, mais c'est plus fort que moi, avoue-t-elle d'une très petite voix. Aidez-moi, je vous en prie !

Zoé regarde 4-Trine et lui dit :

— Emmène-la hors de la chambre, je m'occupe de tout...

Mona tremblote...

4-Trine la prend doucement par l'épaule et elles sortent toutes les deux...

Dans le passage, 4-Trine pousse un grand soupir.

Appuyée contre le mur, Mona ne bouge pas. Son visage est toujours caché par sa chevelure. 4-Trine s'approche d'elle...

— Tout va s'arranger maintenant, dit-elle d'un ton réconfortant. Nous sommes avec toi...

Avec son index, elle pousse une mèche de cheveux pour voir les yeux de Mona...

— Ah, mais tiens donc ! Il y a un très joli visage sous cette chevelure !!!

Mona, pour la première fois depuis très longtemps, **ESQUISSE UN PETIT SOURIRE** !

4-Trine lui sourit à son tour.

De la chambre proviennent toutes sortes de bruits étranges...

4-Trine s'inquiète...

La porte s'ouvre...

VOUS POUVEZ ENTRER MAINTENANT !

À l'intérieur, Mona et 4-Trine sont toutes les deux très étonnées de voir avec quelle rapidité Zoé a vidé la chambre.

Celle-ci écarte les bras...

—   fait-elle, satisfaite. Il ne reste que celui-là... **DANS CE CABI-NET VERROUILLÉ** !

4-Trine aperçoit le magnifique Koyo doré.

— **Tu as les clés ?** demande-t-elle à Mona. Il faut se débarrasser de celui-là aussi...

Mona s'approche du cabinet.

— **non ! ne craignez rien !** Ce Koyo n'est pas un mauvais Koyo, leur explique Mona. Il y a deux Magraas, celui du malheur et celui bonheur. Ce Koyo est très rare, c'est un Koyo du bonheur. Il accorde, à la personne qui le possède..., UN SOUHAIT ! Un seul... Lorsque je serai une adulte, je vais faire mon souhait, et le Koyo va me l'accorder...

— **un souhait** ! Quel sera-t-il ? lui demande Zoé. Sais-tu ce que tu vas lui demander ?

— OH **oui** ! répond Mona. J'ai toujours rêvé de devenir une *star* de cinéma. C'est mon vœu le plus cher... Et le jour où je vais le formuler, il y aura à Woopiville un orage comme vous n'en aurez jamais vu. Le ciel deviendra mauve et la pluie viendra de tous les côtés. Des centaines d'éclairs déchireront le ciel. Lorsque je vais faire mon souhait... VOUS ALLEZ VRAIMENT LE SAVOIR !

— C'est donc pour cela qu'il est dans ce cabinet HYPER VERROUILLÉ ! comprend maintenant Zoé.

— **T'as pigé !** lui dit Mona. Ça vaut super cher, un truc pareil...

— Tu es très chanceuse de posséder ce Koyo, Mona, tu sais, lui dit 4-Trine. TRÈS CHANCEUSE !

41

— BON ! fait Zoé. Ce n'est pas que je m'ennuie, mais il faudrait penser à rentrer, il se fait tard...

4-Trine regarde sa montre et grimace.

OH ! OH !

— Merci pour tout ! soupire Mona. Merci...

Zoé et 4-Trine sortent de la chambre de Mona. Deux secondes plus tard, 4-Trine y retourne...

— Est-ce que nous sommes des amies maintenant ? demande-t-elle à Mona,

Mona sourit et fait oui avec sa tête...

Le lendemain matin...

IDEM

Devant la chocolaterie, 4-Trine attend Zoé qui, encore une fois, **Tarde à arriver** !

— BON, C'EST DÉCIDÉ ! Pour son anniversaire, je lui achète un réveil...

Mais le soleil radieux et les jolis nuages qui flottent dans le ciel l'apaisent.

— Il fait un temps superbe ! remarque-t-elle. Il y a des semaines que c'est comme cela. Quelle chance nous avons !

Zoé tourne le coin de la rue juste sur une jambe... ET ARRIVE DEVANT LA CHOCOLATERIE !

como esta !

— BON ! pourquoi es-tu en retard, cette fois-ci ? Tu devais terminer tes huit bols de céréales et tes douze crêpes au sirop ?

GNANGNAN !

42

Elles prennent place dans la classe et, comme d'habitude, attendent les autres élèves, qui commencent à arriver.

Charles, Steve, puis... MONA !

Mona sourit à Zoé et s'approche d'elle.

— Comment vas-tu ?

— SUPER BIEN ! répond Mona. AH OUI ! ma mère a fait des biscuits ce matin, je vous en ai apporté...

Mona dépose un sac sur le pupitre de Zoé et un autre sur celui de 4-Trine.

YEEEESSS !

— MERCI BEAUCOUP ! lui dit 4-Trine. Tu es très gentille ! Ta mère aussi, bien sûr... Tu le lui diras, hein !

43

Mona sourit et
va prendre sa place.

Caroline, la profes-
seure, est la dernière à
entrer. Elle ferme la porte, mais
demeure là quelques instants,
immobile et songeuse, la poignée
dans la main...

Zoé et 4-Trine se regardent...

— BURRITOS ! ça sent très mauvais
ça, se dit 4-Trine. Il s'est passé quelque
chose, c'est certain...

Caroline se dirige lentement vers son
pupitre et s'assoit... Tous les élèves gardent le silence...

— BON ! fait-elle finalement. Je voudrais juste vous informer qu'un élève
de la classe a eu un petit accident...
Rien de bien grave...

C'est à ce moment-là seulement
que Zoé et 4-Trine remarquent
qu'Antonin n'est pas à son
pupitre....

— Antonin ne sera pas présent en classe pour quelques jours, poursuit Caroline. Mais il reviendra sans doute au début de la semaine prochaine.

Zoé baisse la tête vers son pupitre.

Au fond de la classe, un bruit survient.

4-Trine se retourne. Mona est debout, ses cheveux cachent de nouveau son visage. Elle se met à courir entre les deux rangées de pupitres jusqu'à la sortie et disparaît par la porte.

Caroline se lève d'un seul bond et crie, dans le corridor :

— Mona ! Reviens ici !

Aucune réaction…

Caroline rentre dans la classe et charge 4-Trine de la surveillance.

— Je reviens dans une minute ! ajoute-t-elle.

4-Trine se lève et s'en va près de la porte.

— Elle est partie chez le directeur, rapporte-t-elle à tous les élèves.

Deux minutes passent et Caroline revient...

— BON ! sortez vos cahiers de géo.

Soudain, à l'extérieur... LE CIEL S'ASSOMBRIT RAPIDEMENT !

— Non, mais, qu'est-ce qui se passe ? cherche à comprendre Caroline. Il faisait un temps radieux il y a à peine deux minutes...

Zoé et 4-Trine comprennent toutes les deux en même temps...

Elles se lèvent et courent pour sortir de l'école !

Dans la cour, elles lèvent les yeux au ciel. Ce dernier est mauve et menaçant. La pluie vient de tous les côtés, et des centaines d'éclairs déchirent le ciel.

CHRACCC ! CHRACCC !

Sur le trottoir inondé d'eau, elles courent vers la maison d'Antonin. Là, à l'entrée, elles aperçoivent un parapluie ouvert sous lequel se cache une jeune fille à la chevelure dense balayée par le vent... MONA !

La porte de la maison s'ouvre…

— Bonjour madame ! Je m'appelle Mona, je suis une amie d'Antonin et je voudrais vous remettre quelque chose.

Elle tend son bras vers la mère d'Antonin. Dans sa main brille… SON FAMEUX KOYO DORÉ !

Elle prend une très grande inspiration et dit :

— JE SOUHAITE LE PLUS GRAND BONHEUR À TOUS CEUX QUI HABITENT CETTE MAISON…

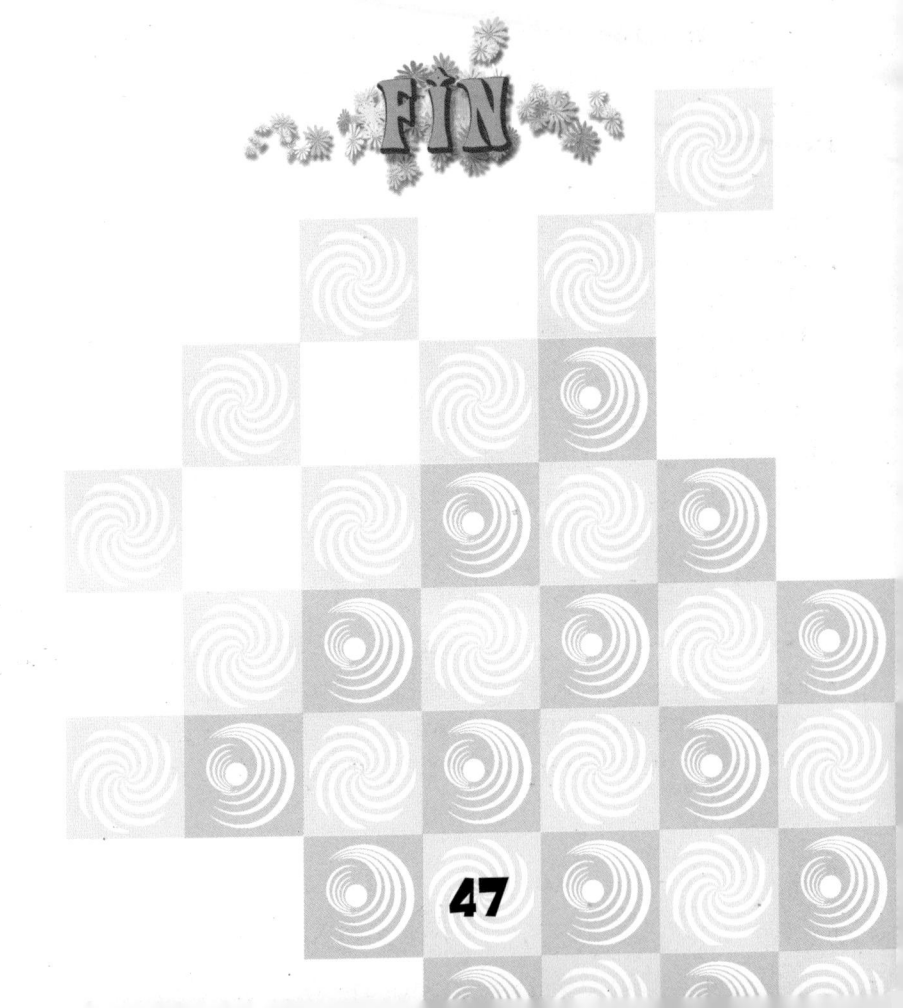

47